Lisa Gallauner

Mörderisch&Fesch

Kriminalroman

federfrei
www.federfrei.at

Sämtliche Protagonisten dieses Romans, ihre Namen und ihre Handlungen sind frei erfunden, etwaige Ähnlichkeiten mit lebenden oder verstorbenen Personen nicht beabsichtigt.

1. Auflage
Marchtrenk, 2017
www.federfrei.at

Umschlagabbildung:
© khmel, Caz, maxmitzu, lawkeeper, Fotolia
Lektorat:
S. Bähr
Satz und Layout:
Verlag federfrei
Druck und Bindung:
Skala Print

ISBN 978-3-903092-74-7

Auch das Schöne muss sterben!

Johann Christoph Friedrich von Schiller (1759 - 1805)
deutscher Dichter und Dramatiker

Kapitel 1

Also, eines muss an dieser Stelle gesagt werden. Die Uschi ist die Schönste hier im Ort. Zumindest eigentlich. Aber wie sie im Moment ausschaut, ist sie nicht gerade zum Verlieben. Der eingeschlagene Schädel, das viele Blut, der Gehirnbaz, das alles ist doch ein bisserl unappetitlich. Den Fesch Friedrich, den stört das aber nicht. Immerhin ist er seit Jahrzehnten Polizist. Alles hat er schon gesehen, oder zumindest fast alles.

»Mei, die arme Uschi. Die ist tot«, stellt er gerade nüchtern fest. Dabei rückt er seine Nickelbrille zurecht. Das macht der Friedrich immer, wenn er etwas Wichtiges zu sagen hat.

Er ist einer der wichtigsten Männer hier im Ort. Er kommt gleich nach dem Herrn Bürgermeister, dem Herrn Pfarrer und dem Herrn Direktor. Also, nicht dem Volksschuldirektor, der ist nämlich eine Frau, sondern dem von der Bank. Warum der Friedrich Fesch mit Nachnamen heißt, das versteht allerdings keiner. Eine seltsame Laune der Natur, könnte man meinen. Denn wenn der Friedrich eines nicht ist, dann fesch. Für ein Mannsbild ist er zwar schön groß, aber leider viel zu dünn, das hat zumindest seine Exfrau immer gemeint. Außerdem hat er eine ziemlich große Nase. Weil er beim Völkerballspielen in der Hauptschule dreimal den Ball draufbekommen hat, ist sie darüber hinaus auch noch schrecklich schief. Die Feschen Ohren gleichen das aber ein bisserl aus. Sie stehen auf beiden Seiten absolut synchron von seinem Kopf ab.

Leider hat der Friedrich nur noch wenige seiner aschblonden Haare auf seinem edlen Haupt, die Ohren damit zu verstecken, ist also keine echte Alternative. Deshalb versucht er auch, mit seinem extravaganten Schnauzer ein wenig davon abzulenken. Eines muss man dem Friedrich aber zugestehen. Seine großen grünen Augen, die haben was ganz Besonderes. Wenn der Friedrich, der ein wirklich vifer Kerl ist, einer Sache auf der Spur ist, dann funkeln sie wie die Oberfläche des Fischteichs in der Sonne. Fischen geht der Friedrich in seiner Freizeit nämlich gern. Außerdem ist er im Männerchor, und manchmal, wenn er ganz alleine ist, backt er sogar.

Die Schwarzwälder Kirschtorte vom Friedrich schmeckt unübertrefflich. Leider wissen das nur wenige. Hier im Ort ist Backen nämlich noch Frauensache, und der Friedrich will ja seinen guten Ruf nicht aufs Spiel setzen.

Gerade hat der Friedrich aber sowieso keine Zeit zum Backen. Weil ja die Uschi da auf der Bank neben dem Marterl liegt. Direkt unter der großen Linde, die so was wie das Wahrzeichen des Ortes hier ist. Kein Wunder, immerhin heißt der Ort Sankt Lindenbaum. Sankt Lindenbaum mitten im idyllischsten Teil Österreichs. Dass die Uschi also gerade neben dem Marterl unter dem Lindenbaum so tot herumliegt, das ist schon ein bisserl makaber. Den sagenhaften Blick auf den See kann sie jetzt leider auch nicht mehr genießen. Dabei hat sie das früher so gerne gemacht, die Uschi. Der Friedrich kennt sie schon seit fast zwanzig Jahren, also, seit sie auf der Welt ist. Oder war.

»Ist das nicht die angehende Miss Irgendwas?«

Friedrich ignoriert den unpassenden Kommentar seines jungen Kollegen. Dass die Uschi dabei war, sich als Model, Miss und Schauspielerin einen Namen zu machen, das stimmt zwar, tut aber nichts zur Sache. Jetzt ist erst mal wichtig, wie lange sie schon tot ist. Die Frau Doktor Weißinnger ist deshalb auch schon unterwegs hierher.

»Ein Unfall war das aber nicht«, gibt Friedrichs Kollege keine Ruhe. Friedrich mag den jungen Kerl nicht besonders. Er ist überehrgeizig, will unbedingt zur Kripo. Wahrscheinlich hat er nur auf eine Gelegenheit wie die hier gewartet.

»Ob die uns jemanden von der Kriminalpolizei schicken? Zur Unterstützung?«, fragt er auch schon.

Gott bewahre! Wenn der Friedrich eines nicht braucht, dann ist das Unterstützung von der Kriminalpolizei. Seine Fälle, die löst er am liebsten ganz alleine. Er braucht keinen, der ihm reinquatscht, der alles besser weiß. Außerdem kennt niemand die Leute hier im Ort so gut wie er selbst. Wenn einer herausfindet, wer der armen Uschi das angetan hat, dann er. Und dass die Uschi keinen Unfall gehabt hat, ist sonnenklar. Diese Kopfverletzung schreit förmlich: »Achtung, rohe Gewalt im Spiel!«

Die rechte Gesichtshälfte ist zwar noch genauso schön wie immer. Ebenmäßiger Porzellanteint, ein großes graublaues Katzenauge, umrahmt von unendlich langen Wimpern, überdacht von einer himmlisch geschwungenen Augenbraue. Nicht zu vergessen, das hübsche Stupsnäschen über dem vollen Kussmund. Alles eingerahmt von rotbraunen Locken, wie nur der liebe Gott sie hinbekommt. Die linke Gesichtshälfte der Uschi aber, die hätte jetzt nicht einmal die Frisörin Jessy verschönern können. Weil da einfach kein Gesicht mehr ist. Alles kaputt, zertrümmert.

»Ewig schad' um das nette Mädl«, entfährt es dem Friedrich, der die Uschi wirklich gemocht hat.

Ein anständiges, wohlerzogenes Mädchen wie sie findet man nämlich auch in Sankt Lindenbaum nicht mehr an jeder Straßenecke.

Wobei man grundsätzlich natürlich erwähnen muss, dass es in Sankt Lindenbaum nicht allzu viele Straßenecken gibt, weil eigentlich nur eine Straße durch den Ort führt. Die Sankt Lindenbaumer Hauptstraße. Alle anderen sind eher kleine Wegerln. Sankt Lindenbaum ist halt noch so ein Ort, wo Fuchs und Hase sich gute Nacht sagen. Außer natürlich, die Sankt Lindenbaumer Jägerschaft rückt aus. Dann verstecken Fuchs und Hase sich lieber ganz schnell. Uschis Vater und ihre zwei Brüder sind auch Jäger. Die findet der Friedrich nicht ganz so anständig und wohlerzogen wie ihre Schwester. Zumindest dann nicht, wenn sie zu tief ins Glas geblickt haben. Aber nachdem der Friedrich ja auch einmal jung war, kann er das nur allzu gut nachvollziehen. Heute hat er seine Sturm-und-Drang-Zeiten allerdings schon lange hinter sich. Zu tief ins Glas blickt er zwar immer noch ab und zu, aber mittlerweile weiß er damit umzugehen.

Friedrichs Kollege kann das Reden nicht lassen: »Da kommt die Frau Doktor Weißinnger.«

»Danke, meine Augen sind noch recht gut«, antwortet Friedrich mürrisch.

Der Anblick der Frau Doktor lässt ihn seinen Grant aber schnell vergessen. Wenn eine sich den Nachnamen Fesch verdient hätte, dann sie. Eine Venus, wie sie im Buche steht. Schon alleine deshalb arbeitet er auch so gerne mit ihr. Vor allem, seit er nicht mehr verheiratet ist. Leider ist die Frau Doktor aber immer noch verheiratet. Außerdem ist dem Friedrich durchaus bewusst, dass sie in einer anderen Liga spielt als er selbst. Aber träumen wird man ja noch dürfen.

»Grüß Gott, Frau Doktor Weißinnger. Danke, dass Sie so schnell hergekommen sind«, begrüßt er die Ärztin charmant. Der Friedrich kann nämlich unglaublich charmant sein, wenn er möchte.

Die Frau Doktor schenkt dem Friedrich ihr zauberhaftestes Lächeln, bevor sie erwidert: »Es ist mir wie immer eine Freude, Inspektor Fesch. Obwohl der Grund für mein Kommen ja sicher kein besonders freudiger ist. Ich hab' gehört, die Herzigmann Ursula hat's erwischt. Stimmt das?«

»Ja, leider, die Uschi ist unser Opfer. Ich hätt' nie geglaubt, dass ich das mal sagen muss, aber sie ist kein schöner Anblick. Am besten machen Sie sich selbst ein Bild von der Sache.«

Professionell streift die Frau Doktor Weißinnger sich ein Paar Einweghandschuhe über. Dann macht sie sich an die Arbeit.

»Zumindest war's ein schneller Tod«, murmelt sie, während sie mit der Leiche beschäftigt ist. »Die Arme hatte nicht die geringste Chance. Da hat jemand mit einem ziemlich schweren Gegenstand mit voller Wucht zugeschlagen, wenn Sie mich fragen.«

Der Friedrich nickt und rückt seine Nickelbrille zurecht, bevor er antwortet: »Wer immer dieser jemand war, ich werde ihn finden, so wahr ich Friedrich Fesch heiße.«

Kapitel 2

Als der Friedrich wieder zurück am Posten ist, weiß er schon ein bisserl mehr. Die Uschi ist letzten Abend gemeuchelt worden. So gegen zehn. Mehrere Schläge auf den Kopf haben die tödlichen Verletzungen hervorgerufen, so hat es die Frau Doktor Weißinnger in ihrem abschließenden Bericht ihm gegenüber ausgedrückt. Was als Mordwaffe infrage kommt, ist jedoch unklar. Auf alle Fälle ein stumpfer Gegenstand, aber davon gibt's ja bekanntlich eine ganze Menge. Die Frau Doktor glaubt, dass ein Mann hinter dem Mord steckt, weil eine Frau nicht so brutal sein kann, aber da ist der Friedrich sich nicht so sicher. Frauen können nämlich, soweit er das weiß, ganz schön gachgiftig werden, und dann ist Brutalität auch für sie kein Fremdwort.

Jetzt ist die Uschi gerade auf dem Weg in die Gerichtsmedizin. Ein ganz schön langer Weg, aber ohne Obduktion geht es in diesem Fall natürlich nicht. Der Friedrich hat sich auch darum gekümmert, dass das Bankerl neben dem Marterl wieder sauber gemacht wird. Morgen ist immerhin der große Fronleichnamsumzug, und da machen die Blutflecken sich sicher nicht gut. Schon alleine, weil die Leute sonst noch mehr zu betratschen hätten als ohnehin. Die Nachricht über den Tod der Uschi hat sich mit Sicherheit bereits wie ein Lauffeuer im ganzen Ort verbreitet. Noch dazu, wo die Tupfinger Martha die Leiche gefunden hat. Beim Nordic Walking. Der Friedrich versteht ja ohnehin nicht, warum man sich im Frühling die Schistecken schnappen muss, um damit durch die Gegend zu marschieren. Aber sei's drum. Die Tupfinger Martha ist die

Dorfgatschn schlechthin. Wenn die was *weiß*, verbreitet sich das schneller als in Lichtgeschwindigkeit. Wahrscheinlich werden morgen also noch viel mehr Leute an der Fronleichnamsprozession teilnehmen als sonst. Weil die nämlich genau am Tatort vorbeiführt. Frühschoppen und Tatortbeschau in einem, das ist dann schon fast so wie diese Abendessen, bei denen Schauspieler einem einen Kriminalfall vorspielen. Wie heißen die noch schnell? Irgendwas mit Dinner …

Das Telefon reißt den Friedrich aus seinen Gedanken.

»Polizeidienststelle Sankt Lindenbaum, Fesch am Apparat«, meldet er sich mit seinem sonoren Bass freundlich wie immer. Der Friedrich hätte ja eigentlich Opernsänger werden wollen, deshalb ist er auch im Männerchor, aber daraus ist leider nichts geworden. Seine Eltern waren der Ansicht, dass es wichtiger wäre, erst einmal was Gescheites zu lernen.

»Mmh … Ja … Ich glaub eigentlich nicht, dass das nötig ist … Mörderisch? Ha! … Wenn Sie meinen … Wiederhören!«

Grantig knallt der Friedrich den Hörer wieder auf die Gabel. Ja, wirklich, auf die Gabel, die Polizeidienststelle Sankt Lindenbaum verfügt nämlich zum Glück noch über ein richtiges Telefon. Nicht so ein Handydings, das der Friedrich zwar natürlich auch hat, aber eher selten benutzt. Zum Glück ist sein junger Kollege gerade auf Streife. Der hätte sich über die Nachricht, die der Friedrich eben bekommen hat, nämlich einen Haxn ausgefreut. Dem Friedrich selbst geht's da ganz anders.

»Na, klass', jetzt kommen die Kriminaler nach Sankt Lindenbaum. Weil's bei Mord halt einfach zuständig sind. Als ob ich das nicht auch alleine geschafft hätte«, giftet er wütend.

Dann lässt er sich auf seinen Sessel plumpsen, greift nach dem papierenen Jausensackerl, das er sich selber jeden Morgen herrichtet, und zaubert ein Vinschgerl daraus hervor. Belegt mit kaltem Surbraten, Senf und Essiggurkerln, genauso, wie er es gerne mag.

»Eigentlich wär' jetzt Zeit für ein Bier«, murmelt er, dann trinkt er aber doch seinen selbst gemachten Hollersaft, den er sich natürlich auch von zu Hause mitgenommen hat. Beruflich ist der Friedrich eben sehr korrekt, und deshalb nimmt er auch das *Kein Alkohol im Dienst*-Gebot recht ernst.

Während er seine Jause verdrückt, überlegt der Friedrich, wen sie ihm wohl zur Unterstützung schicken werden. Einen jungen gut aussehenden Lackl, der die Sankt Lindenbaumer Frauenherzen höher schlagen lassen wird? Oder einen erfahreneren Kollegen, der glaubt, alles besser zu wissen, weil er bei der Kriminalpolizei ist? Auf beides hat der Friedrich so überhaupt keinen Bock. Michi Mörderisch, was ist das überhaupt für ein Name? Gut, jemand, der Friedrich Fesch heißt, sollte sich einen Kommentar in diese Richtung wahrscheinlich verkneifen. Von wegen Glashaus und Steinen und so.

Was soll er tun, bis der Typ von der Kriminalpolizei da ist? Er beschließt, sich als Erstes um die Familie Herzigmann zu kümmern. Der Theo und die Sophie sollen von ihm hören, was mit ihrem Mädel passiert ist. Wenn sie's nicht eh schon von der Tupfinger Martha wissen.

*

Den Weg zu Theo und Sophie Herzigmanns Hof legt Friedrich auf seiner alten Vespa zurück. Für Fahrten im Ort nimmt er die ganz gerne, es muss ja nicht immer das Auto sein, und zum Radeln oder Gehen ist er momentan zu faul. Früher, da hat er fast alles zu Fuß zurückgelegt, aber mittlerweile ist er eben auch kein Jungspund mehr. Den Fünfziger hat er gerade hinter sich. Nicht, dass er sich alt fühlen würde, bei Gott nein, aber an der früheren Frische fehlt's halt trotzdem immer wieder.

Schon von Weitem bemerkt der Friedrich, dass das Leben auf dem Herzigmann-Hof heute stillsteht. Normalerweise ist der Theo um diese Zeit mit dem Traktor unterwegs, doch jetzt parkt der vor dem Hof. Auch von Sophies Gesang ist nichts zu hören. Die Bäuerin, die genauso gerne singt wie der Friedrich, aber natürlich nicht im Männer-, sondern im Kirchenchor ist, hat grundsätzlich immer ein Lied auf den Lippen. Doch heute ist es hier totenstill. Der Hof trägt Trauer. Als wüssten die Tiere es, sind sogar die ungewöhnlich still. Kein Muhen, kein Krähen, kein Gackern begrüßt den Polizisten, als er seine Vespa neben dem Herzigmann-Traktor abstellt. Auch das Wetter hat sich der Stimmung angepasst. Dunkle Wolken türmen sich am Himmel, der Wind weht dem Friedrich kühl um die Nase, von den frühsommerlichen Temperaturen der letzten Tage ist nichts mehr zu spüren.

»Grüß dich, Norbert.« Der Friedrich nickt Norbert Herzigmann, Uschis älterem Bruder, freundlich zu, auch ihm ist anzusehen, dass er bereits weiß, was mit seiner Schwester passiert ist. »Sind die Mutter und der Vater da?«

Norbert Herzigmann, ein intelligenter bodenständiger Bursche Mitte zwanzig, der später einmal vorhat, den Hof der Eltern zu übernehmen, sieht den Friedrich lange an. Dann antwortet er: »Sicher sind's da. Zumindest körperlich sind's anwesend. Die Frau Doktor Weißinnger hat ihnen was zur Beruhigung gespritzt. Das merkt man halt.«

»Das mit der Uschi tut mir leid, Norbert. Hast du eine Idee, wer ihr das angetan haben könnte?«, kommt der Friedrich gleich zur Sache. Er ist zwar nicht unsensibel, aber lange um den heißen Brei herumreden will er auch nicht.

Der Norbert zuckt mit den Schultern. »Keine Ahnung. Die Uschi war in der letzten Zeit nicht mehr sie selbst. Seit sie dieser komische Typ in der Disko aufgegabelt hat, war alles anders. Ich glaub', wir waren ihr nicht mehr gut genug. Sie hat sich plötzlich dafür geniert, eine Bauerstochter aus Sankt Lindenbaum zu sein. Lieber wär' sie von jetzt auf gleich nach Paris gegangen, nach Mailand oder New York. Der Kerl hat ihr nur Hirngespinste in den Kopf gesetzt.«

Der Friedrich rückt seine Nickelbrille zurecht und zückt dann sein kleines Notizbüchlein. Das im weinroten Ledereinband, das seine Schwester ihm zum letzten Geburtstag geschenkt hat. Zusammen mit einem sündteuren Kugelschreiber, in den sie *Friedrich* eingravieren hat lassen. Den mag der Friedrich aber gar nicht, weil er ihm zu groß und zu schwer ist. Lieber schreibt er mit einem Kuli, den er von seiner Versicherung als Werbegeschenk bekommen hat. Günstiges, leichtes Plastik, so mag er das. Der Friedrich öffnet das rote Notizbuch und hakt nach: »Welcher Kerl?«

Norbert Herzigmann verdreht die Augen und spuckt aus.

»Dieser widerliche Typ, der sich als ihr Manager ausgibt. Ein geschniegelter Aff' ist das. Kommt aus irgendeiner großen Stadt. Linz, Graz oder Wien, so genau weiß ich das auch nicht. Er hat die Uschi in der Disko entdeckt. Sie hat das Zeug zum Supermodel, hat er ihr eingeredet.«

»Na ja, die Uschi war ja auch wirklich sehr fesch«, merkt Friedrich an, während er sich Notizen macht.

»Schon«, entgegnet der Norbert, »sicher war sie fesch. Aber ein Supermodel? Die Uschi ist ihrem Manager komplett hörig gewesen. Ich glaub', für sie war er ihr Ticket raus aus Sankt Lindenbaum. Raus in die große weite Welt. Im Fernsehen hat sich die Uschi schon immer gerne diese ganzen Modelshows angeschaut. Außerdem dieses Beauty-Zeugs auf YouTube.«

Der Norbert bemerkt Friedrichs fragenden Blick.

»YouTube, das Fernsehen im Internet halt.«

»Ah ja, Internet«, meint der Friedrich nickend.

»Also, sie hat sich das immer angeschaut und davon geträumt, irgendwann selbst so ein großes Model zu werden, Schauspielerin hätt' ihr auch getaugt. Das hat die Eltern narrisch gemacht. Als blöde Fantasierereien haben sie das abgetan.«

Der Friedrich sieht plötzlich seinen Vater vor sich, der ihm erzählt, dass Opernsänger kein richtiger Beruf ist. Dass man damit kein Geld verdienen kann. Dass er sich diese Fantasiereien sparen soll. Manche Dinge ändern sich anscheinend nie.

»Das hat die Uschi natürlich erst recht rebellisch gemacht. Sie hat sich zu dieser Miss-Wahl angemeldet. Miss Irgendwas, oder so, ich hab's mir nicht gemerkt. Seitdem hab' ich sie nicht mehr allzu oft gesehen. Dauernd war sie am Proben oder Trainieren. Unbedingt gewinnen wollt' sie diese Sache. Ich glaub' sie hätt' ganz gute Chancen gehabt. Die anderen Mädels waren sakrisch eifersüchtig auf sie. Das hat's mir zumindest erzählt.«

Der Friedrich nickt zufrieden, als er das alles mitschreibt.

»Hat die Uschi einen Freund gehabt?«, fragt er, als er fertig ist.

Der Norbert zuckt mit den Schultern.

»Was weiß ich. Verehrer sicher eine ganze Menge. Kann sein, dass dieser grindige Manager was von ihr wollt' und die Uschi auch von ihm. Möglich wär's. Die Mädels stehen ja anscheinend auf so geleckte Typen. Der Kerl ist zwar sicher schon über dreißig, aber ich glaub' nicht, dass die Uschi das aufgehalten hätt'.«

Der Friedrich, der den Frust aus Norberts Stimme ganz deutlich heraushört, überlegt, was er am besten antworten soll, als plötzlich die Sonne erstrahlt. Also, nicht die echte, sondern die in Form der Frau Doktor Weißinnger, die gerade das Haus der Herzigmanns verlässt.

»Herr Inspektor Fesch, schön, Sie zu sehen! Ich nehme an, Sie sind hier, um Uschis Eltern zu besuchen.«

Der Friedrich, der von Frau Doktor Weißinngers Anblick wieder einmal hin und weg ist, nickt nur.

»Sie wissen bereits alles«, erklärt diese, »und sind leider nicht in besonders guter seelischer Verfassung, was nicht weiter verwunderlich ist.«

Erneut nickt der Friedrich, bevor er erwidert: »Sie meinen also, ich sollt' die zwei heut' lieber in Ruhe lassen?«

Die Frau Doktor Weißinnger lächelt charmant.

»Ich sehe, Sie haben verstanden, worauf ich hinauswollte. Geben Sie den beiden ein bisschen Zeit, bevor Sie sie befragen! Im Moment wäre ihnen das zu viel.«

Eigentlich könnte die Frau Doktor eine Spanierin sein oder eine Italienerin. Klein gewachsen mit üppigen weiblichen Rundungen, dazu das wallende dunkle Haar und die glühenden schwarzen Augen, schießt es dem Polizisten durch den Kopf. Genau sein Typ eben.

»Haben Sie mich verstanden, Herr Fesch?!«

Der Friedrich läuft rot an. Jetzt hat die Frau Doktor ihn bei seinen unpassenden Tagträumereien erwischt.

»Mhm«, antwortet er deshalb nur.

»Gut, dann bis morgen«, flötet die Frau Doktor Weißinnger, bevor sie in ihren Dienstwagen steigt.

»Sie hat g'sagt, dass sie Ihnen morgen ihren endgültigen Bericht per Mail schickt, Herr Inspektor«, meint der Herzigmann Norbert schmunzelnd, als die Frau Doktor weg ist, »also, einen Brief über den Computer, wenn man so will ... Ich versteh' Sie ja, die Frau Doktor ist wirklich eine fesche Frau.«

»Ich weiß, was ein Mail ist«, schnauzt der Friedrich den Norbert an, dann besinnt er sich wieder und ergänzt freundlicher: »Lass die Eltern von mir grüßen! Ich schau dann in den nächsten Tagen noch mal vorbei. Mach's gut, Norbert.«

»Auf Wiederschauen, Herr Inspektor.«

Als der Friedrich den Herzigmann-Hof verlässt, denkt er nicht mehr über die Frau Doktor Weißinnger nach, sondern über die Uschi und ihren komischen Manager. Ob der angeblich so schmierige Kerl etwas mit dem grauslichen Mord an der Dorfschönheit zu tun hat?

*

Zu Hause erwarten den Friedrich schon der Wolfgang und der Joseph. Wie immer, wenn er die Tür zu seinem kleinen Häuschen mitten im Grünen aufschließt, bringen sie ihm ein Ständchen. Natürlich lebt der Friedrich nicht in einer WG, der Wolfgang und der Joseph, das sind seine beiden Wellensittiche, benannt nach den berühmten Wiener Klassikern Mozart und Haydn. Früher, da hat der Friedrich auch noch einen Hund gehabt, damals, als er noch verheiratet gewesen ist, aber den hat nach der Scheidung seine Ex bekommen. Weil der Friedrich einfach nicht genug Zeit für einen Hund hat, ganz alleine, wie er nun ist.

Manchmal fällt dem Friedrich das Alleinsein ziemlich schwer. Der grüne Wolfgang und der blaue Joseph sind zwar putzig, aber wirkliche Ansprechpartner sind sie halt auch nicht. Wieder eine Frau an seiner Seite zu haben, am besten eine vom Format der Frau Doktor Weißinnger, das ist Friedrichs größter Traum. Aber der Friedrich hat ein wirksames Mittel gegen zu viel Sentimentalität. Immer, wenn er vor lauter *sich eine Frau herbeiwünschen* zu melancholisch wird, denkt er einfach an seine Ex. Wie sie mit dem Toni durch das gemeinsame Ehebett kugelt. Dann ist er ganz schnell wieder geheilt. Das Alleinsein hat ja auch viele Vorteile. Man kann machen, was man will, ohne Rücksicht auf Verluste.

Der Friedrich geht zum Kühlschrank und holt den Topf mit den Schinkenfleckerln, die er am Vorabend gekocht hat, heraus. Einmal am Tag braucht man was Warmes im Magen, das hat schon seine Mama immer gemeint, und deshalb kocht der Friedrich auch am Abend vor. Meistens gleich für ein paar Tage. Immer was Schnelles halt, nur am Wochenende, da fährt er manchmal die großen Geschütze auf, also Schweinsbraten, Sauerkraut und Knödel und so.

Als der Friedrich endlich am Tisch sitzt, dem Wolfgang und dem Joseph beim Plaudern zuhört, seine Schinkenfleckerln mit grünem Salat isst und sich ein Bier dazu genehmigt, muss er plötzlich wieder an die Uschi denken. An die Uschi, wie sie mit eingeschlagenem Schädel auf dem Bankerl neben dem Marterl liegt.

Wie der Teufel es will, fällt ihm jetzt auch wieder dieser Michi Mörderisch, der Kriminalbeamte, der ihn bei der Suche nach dem Uschi-Mörder unterstützen soll, ein. Und egal, wie g'schmackig die Schinkenfleckerln auch sind, in diesem Moment vergeht dem Friedrich komplett der Appetit darauf.

Kapitel 3

Am nächsten Morgen, dem Fronleichnamstag, überlegt der Friedrich nicht sehr lange, was ihm lieber ist: die Teilnahme an der Fronleichnamsprozession oder ein Feiertagsdienst. Natürlich entscheidet er sich für Letzteres, immerhin gilt es, einen Mordfall aufzuklären. Während alle anderen sich also fesch machen, um beim Fronleichnamsumzug ein gutes Bild abzugeben, ist der Herr Fesch, heute ganz in Zivil, auf dem Weg in die Polizeidienststelle.

Ein Kaiserwetter ist das heute!, denkt er sich, als er auf seiner Vespa durch den Ort kurvt. Kurven ist in diesem Fall nicht übertrieben, Sankt Lindenbaum ist nämlich keines von diesen Dörfern, in denen sich das Leben nur links und rechts von der Hauptstraße abspielt. In Sankt Lindenbaum gibt es viele kleine, verzweigte Gässchen, jede Menge Wald, Wiesen und Weingärten, den Fischteich und außerdem den See. Sankt Lindenbaum wäre eigentlich das ideale Urlaubsdomizil für alle vom Stress Geplagten, aber zum Glück kennt den kleinen Ort keiner außer den Sankt Lindenbaumern selbst.

Der Friedrich inhaliert gerade die Schönheit des Ortes, als ein aggressives Hupen ihn plötzlich aus seinen Gedanken reißt. Abrupt bleibt er stehen. Das bewegt den Autofahrer hinter ihm dazu, noch bestimmter zu hupen. Jetzt wird der Friedrich aber wirklich grantig.

»Ja, Herrschaftszeiten, was soll denn das! Heute ist ein Feiertag, da hupt man doch nicht einfach so das ganze Dorf zusammen!«, schreit er dem Autofahrer entgegen, der jetzt die

Tür seines schicken schwarzen Wagens mit getönten Scheiben öffnet. Der Friedrich kennt sich mit Autos nicht besonders gut aus, ist sich aber sicher, dass dieses eines von der teureren, schnelleren Sorte ist. Was hat so ein Wagen überhaupt in Sankt Lindenbaum zu suchen? Ob das vielleicht der Manager von der Uschi ist?

»Du unverschämter Kerl, d...«, setzt der Friedrich gerade zu einer weiteren Schimpftirade an, als es ihm den Atem verschlägt.

Damit hat er nicht gerechnet. Nicht irgend so ein Macho-Angeber-Typ ist der Lenker des Wagens, sondern ein zierliches Persönchen mit kupferrotem Haar steigt aus dem Auto. Eine fesche junge Frau, so irgendwo zwischen Ende zwanzig und Anfang dreißig, in Jeans und Lederjacke, mit einem flotten stufigen Pagenschnitt, unzähligen Sommersprossen und einer dunklen Sonnenbrille im Gesicht. Hat sich etwa doch eine stressgeplagte Touristin nach Sankt Lindenbaum verirrt? Obwohl, recht erholungsbedürftig schaut die nicht aus, eher ziemlich energiegeladen.

»Grüß Gott, können Sie mir vielleicht sagen, wo ich die Polizeidienststelle Sankt Lindenbaum finde?«, fragt die junge Dame den Friedrich höflich.

Dabei fällt ihm auf, dass sie einen wunderschönen Sopran hat. Jetzt ist er erst recht perplex und weiß gar nicht mehr, was er der Autolenkerin an den Kopf werfen wollte. Auch vergisst er komplett zu fragen, warum die Gute unbedingt zur Polizeidienststelle Sankt Lindenbaum möchte. Stattdessen antwortet er: »Aber sicher weiß ich das, junge Dame. Folgen Sie mir einfach!«

Kurze Zeit später kurvt der schicke schwarze Wagen mit den getönten Scheiben geduldig der alten Vespa vom Friedrich hinterher. Als das Ziel, die Polizeidienstelle, endlich erreicht und der schwarze Wagen davor geparkt ist, steigt die Rothaarige aus. Sie greift in die Brusttasche ihrer braunen Lederjacke. »Wissen Sie vielleicht auch, wo ich den Inspektor Fesch finde? Ich komme vom Landeskriminalamt.«

»Ah, dann sind Sie wahrscheinlich die Assistentin vom Michi Mörderisch«, meint der Friedrich, dem endlich ein Licht aufgeht. »Fesch mein Name, Friedrich Fesch. Schön, Sie kennenzulernen. Wo ist denn Ihr Chef?«

Ein Grinsen macht sich auf dem Gesicht der jungen Frau breit, als sie dem Friedrich einen Ausweis unter den Zinken hält.

»Ich bin der Chef. Michaela Mörderisch, ebenfalls erfreut.«

*

Der Friedrich ist immer noch ganz perplex, als er der Michi Mörderisch dabei zuschaut, wie sie ihren schwarzen Kaffee ungesüßt auf ex runterschüttet. Mit allem hat er gerechnet, nur nicht damit, dass man ihm eine Kriminalbeamtin schickt. Nicht, dass der Friedrich ein Macho wäre, aber so ein junges Pupperl? Sauber ist sie ja, diese Michaela, das muss man ihr schon lassen, aber ob die eine gute Kriminalerin sein kann? Mit ihren zweiunddreißig Jahren?

»Michaela Mörderisch ist schon ein ungewöhnlicher Name, noch dazu für eine Kriminalbeamtin«, meint er, um die Stimmung ein wenig aufzulockern. Small Talk nennt man das auf Neudeutsch.

Die Mörderisch grinst. »Ich will ja nicht unhöflich sein, Herr Kollege, aber Friedrich Fesch ist auch nicht ohne. Sagen wir mal so, ich bin in etwa so mörderisch, wie Sie fesch sind.«

Der Friedrich schluckt. War das jetzt eine Beleidigung, oder soll er die Sache mit Humor nehmen? Die traut sich anscheinend einiges, diese Michaela. Das imponiert ihm schon. Er mag Frauen, die wissen, wie der Hase läuft.

»Liebe Frau Mörderisch, Sie werden auch noch draufkommen, dass im Leben vor allem die inneren Werte zählen. Spätestens dann, wenn Sie nimmer ganz so frisch sind«, antwortet er augenzwinkernd. »Wollen S' noch einen Kaffee?«

Die junge Inspektorin nickt. »Gerne. Ich glaube, uns steht noch ein langer Tag bevor. Gibt's hier im Ort eigentlich eine Pension, in der ich übernachten kann? Hotels findet man in Sankt Lindenbaum laut Internet ja keine.«

Der Friedrich glaubt, seinen Ohren nicht zu trauen. Hat diese Michi Mörderisch tatsächlich vor, sich für längere Zeit in ihrem schönen Ort einzuquartieren? Er hätte eher an einen kurzen Anstandsbesuch gedacht. Einmal die Lage vor Ort sondieren und dann ab durch die Mitte, zurück in die große Stadt, so hätte der Friedrich sich das vorgestellt.

»Hotel gibt's hier wirklich keines, zum Glück, aber ich glaub', die Mama von der Zenzinger Jessy hat eine Ferienwohnung«, entgegnet der Friedrich deshalb ein bisserl unfreundlich.

»Zenzinger Jessy? Ich glaub', wir zwei sind nicht die Einzigen, die ein Namensproblem haben. Dass es die Marvins und Jessys sogar in ein Kaff wie dieses geschafft haben«, entfährt es der jungen Kriminalbeamtin, die sich ihren zweiten Kaffee mindestens genauso schnell einverleibt wie den ersten.

Jetzt wird der Friedrich grantig. Über die Zenzinger Jessy lässt er nichts kommen. »Wenn S' ein Problem mit den Leuten hier im Ort haben, dann fahren S' doch zurück in die Stadt! Ich lös' den Fall eh lieber alleine! Die Zenzinger Jessy ist eine Perle von einer Frisörin, Name hin oder her.«

Der Michaela Mörderisch ist anzusehen, dass sie sich einen bissigen Kommentar über Friedrichs Frisur nur schwer verkneifen kann, aber sie will es sich mit dem neuen Kollegen nicht gleich komplett verscherzen. Also meint sie versöhnlich: »Aber, Herr Fesch, sein S' nicht so streng mit mir! Tut mir leid, ich wollt' weder Sie noch die Bevölkerung von Sankt Lindenbaum beleidigen. Wenn die Mutter von der Zenzinger Jessy ein Platzerl für mich hätt', wär' das wirklich super. Ich befürchte nämlich, dass es ein bisserl dauern wird, bis wir den Fall gelöst haben. Oder haben Sie schon einen Verdächtigen?«

Erleichtert atmet der Friedrich aus. Endlich geht's um den Mord an der Uschi. Das ist ihm ganz recht so. Diese Small-Talk-Sache ist einfach nichts für ihn.

»Na ja, ich hab' leider noch nicht viel Zeit gehabt, um mich mit möglichen Verdächtigen zu beschäftigen, aber, wie's ausschaut, hat die Uschi einen ziemlich unsympathischen Manager gehabt.«

»Einen Manager«, die Mörderisch ist überrascht. »War die Ursula Herzigmann leicht so eine B-Prominente? Eine aufstrebende Sängerin oder Schauspielerin vielleicht?«

Der Friedrich schüttelt den Kopf. »Haben S' die Fotos von ihr, also die von früher, leicht noch nicht gesehen? Die Uschi war eine Schönheit. Sie hat als Model gearbeitet und wollt' jetzt auch an einer Misswahl teilnehmen. Miss Irgendwas, oder so, keine Ahnung, da muss ich mich erst erkundigen. Die Schauspielerei, die hätt' ihr übrigens auch getaugt.«

Die Kriminalbeamtin grinst wieder. »Die Dorfschönheit von Sankt Lindenbaum wird brutal ermordet und Mörderisch& Fesch ermitteln in ihrem Fall. Das ist aber schon lustig, finden Sie nicht auch?«

Der Friedrich legt die Stirn in Falten. Die jungen Leut' von heute haben wirklich keinen Anstand mehr.

»An Mord find' ich grundsätzlich nix lustig, Frau Kollegin«, brummt er.

Kapitel 4

Die Michi Mörderisch möchte unbedingt den Tatort sehen, also macht der Friedrich sich mit ihr auf zum Marterl unter dem Lindenbaum. Weil die Frau Kriminalinspektorin keine Lust darauf gehabt hat, auf Friedrichs Vespa Platz zu nehmen, und Friedrichs junger Kollege immer noch mit dem Streifenwagen unterwegs ist, sitzen der Fesch und die Mörderisch jetzt im schicken Auto Letzterer.

»Herrschaftszeiten, geh'n Sie's doch ein bisserl gemütlicher an, Frau Kollegin«, meint der Friedrich, der sich am Griff über der Beifahrertür festkrallt, gerade entsetzt, »ich möcht' gern noch ein bisserl länger leben!«

Das spornt die Frau Inspektorin aber nur dazu an, die nächste Kurve noch ein wenig rasanter zu nehmen.

»Keine Sorge, Herr Kollege, ich weiß schon, was ich mache. Ich fahr' privat gerne Autorennen, nur legale natürlich, außerdem auch Motocross. Unfälle hab' ich bis jetzt nur ganz selten gebaut. Also beruhigen Sie sich, die Sankt Lindenbaumer Wegerln sind ein Klacks gegen die Strecken, die ich sonst fahre.«

Dem Friedrich bleibt der Mund offen stehen. Was haben sie ihm da nur für ein Teufelsweib geschickt? Eine junge fesche Kriminalinspektorin, die Motocross und Autorennen fährt. Ja, wo gibt's denn so was? Normal ist das nicht.

»Jetzt weiß ich wenigstens, warum Sie Mörderisch heißen. Muss an Ihrem Fahrstil liegen«, entfährt es ihm.

Die Michi Mörderisch lacht laut auf und rast um die nächste Kurve.

»Da vorne müssen S' jetzt links abbiegen!«, erklärt Friedrich Fesch seiner Kollegin den Weg, als diese plötzlich so fest auf die Bremse steigt, dass der Polizeibeamte beinahe die Windschutzscheibe küsst.

»Sakrahaxn, was war denn das jetzt?!«, brüllt er geschockt. Der Michi Mörderisch ist anzusehen, dass sie wegen dieser Vollbremsung fast ein schlechtes Gewissen hat. Kleinlaut antwortet sie: »Ja, hätt' ich etwa das Eichhörnchen zusammenfahren sollen, dass da grad über die Straße gelaufen ist? Das geht doch nicht!«

Mit einem Mal wird dem Friedrich die Mörderisch so richtig sympathisch. Sie hat ein Herz für Tiere, genau wie er selbst auch. Endlich hat er eine Gemeinsamkeit gefunden.

»Passt schon, Frau Kollegin, auch Eichhörnchen haben ein Recht auf Leben. Da drüben ist übrigens das Marterl, bei dem die Tupfinger Martha die Leiche von der Herzigmann Uschi gefunden hat.«

Der Friedrich deutet auf die Stelle, die heute wieder wie aus dem Bilderbuch oder, besser gesagt, wie aus einem Reiseführer wirkt.

»Mei, ist das schön, einen idyllischeren Ort zum Sterben kann man sich eigentlich gar nicht aussuchen«, meint die Michi Mörderisch entzückt.

Das findet der Friedrich ziemlich unpassend. »Also, ich glaub' nicht, dass sich die Uschi dieses Schicksal ausgesucht hat«, erwidert er grantig.

»T'schuldigung, das war wohl grad ein bisserl unsensibel von mir. So war's nicht gemeint. Aber beruhigend ist es schon, dass das Letzte, was die Frau Herzigmann gesehen hat, diese schöne Umgebung war. Sie hätt' ja auch an einem ganz schiarchen Ort sterben können.« Die Kriminalinspektorin parkt ihr Auto nahe am Tatort ein.

»Das Letzte, was die Uschi vor ihrem Tod gesehen hat, war

ihr Mörder«, grummelt der Friedrich, »und ich glaub' nicht, dass das ein besonders schöner Anblick für sie war.«

»Das können Sie so nicht sagen, Herr Kollege. Vielleicht war ihr Mörder eine Person, die sie sehr gerne gehabt hat, der sie vertraut hat. Das ist sogar ziemlich wahrscheinlich. Für mich schaut es so aus, als ob sie hier ein Rendezvous gehabt hätte. Ein kleines Stelldichein auf dem Bankerl neben dem Marterl, im Schatten des Lindenbaums und mit exklusivem Blick auf den See. Irgendwas ist dann bei diesem Date halt grob schiefgelaufen. Hat sie eigentlich einen Freund gehabt, die Uschi?«

Der Friedrich zuckt mit den Schultern. »Also, der Norbert, das ist der große Bruder von der Uschi, der hat davon nix gewusst. Er glaubt zwar schon, dass sie einen Haufen Verehrer gehabt hat, aber von einem fixen Freund war nicht die Rede. Außer vielleicht dieser windige Manager. Dass der der Uschi schöne Augen gemacht hat und sie ihm auch, das hält der Norbert durchaus für möglich. Obwohl der Kerl ein schönes Stück älter sein muss, als die Uschi es war.«

»Das hat noch niemanden von einer Beziehung abgehalten«, entfährt es der Mörderisch. »Mädels stehen oft auf ein bisserl ältere Männer, noch dazu, wenn die erfolgreich sind … Und bevor Sie nachfragen, Herr Kollege, ich spreche da nicht aus Erfahrung, zumindest nicht aus meiner eigenen.«

Die Michi Mörderisch will sich gerade auf den Weg zum Marterl machen, als plötzlich aus der Ferne Blasmusikklänge zu hören sind. Blasmusikklänge, die immer näher kommen.

»Jetzt sagen Sie bloß, die Fronleichnamsprozession führt an unserem Tatort vorbei?!«, schnaubt sie entsetzt.

Der Friedrich nickt schuldbewusst.

»Aber, haben Sie den Tatort denn nicht weiträumig abgesperrt?! War hier überhaupt schon die Spurensicherung an der Arbeit?! Es geht doch nicht, dass uns halb Sankt Lindenbaum den Tatort kontaminiert!«

»Ganz Sankt Lindenbaum«, meint der Friedrich kleinlaut. »In Sankt Lindenbaum nimmt noch das gesamte Dorf am Fronleichnamsumzug teil. Sogar die paar Evangelischen, weil die nämlich alle bei der Blasmusik sind. Gelebte Tradition nennt man das, aber das können Sie als Stadtmensch wahrscheinlich nicht verstehen. Was glauben Sie, was da los gewesen wäre, wenn ich den Leuten gesagt hätte, dass sie bei der Prozession heuer einen Umweg um das Marterl machen müssen. Das hätt' einen Aufstand gegeben.«

Zum ersten Mal, seit er die Michi Mörderisch kennengelernt hat, wirkt sie auf den Friedrich nicht mehr cool. Mit hochrotem Gesicht entgegnet sie giftig: »Das werden wir gleich sehen. Einen Aufstand der Sankt Lindenbaumer Bevölkerung nehme ich in diesem Fall gerne in Kauf. Zum Glück hab' ich jede Menge von dem rot-weißen Absperrband in meinem Wagen. Noch ist es nicht zu spät, Herr Kollege. Wir müssen uns aber auf alle Fälle beeilen! Die Prozession kommt anscheinend immer näher.« Tatsächlich werden die Blasmusikklänge nun lauter und lauter.

Der Friedrich sträubt sich zwar ein wenig, hat aber keine Chance gegen seine resolute Kollegin. Immerhin ist sie eine Kriminalbeamtin, und außerdem möchte er nicht daran schuld sein, dass der Mörder ihnen durch die Lappen geht. Wohl ist dem Polizisten aber nicht dabei, als er gemeinsam mit der Mörderisch den Tatort weiträumig absperrt. Wie soll er das dem Herrn Pfarrer nur erklären? Immerhin steht der in der ortseigenen Hierarchie noch ein bisserl über dem Friedrich. Kein Wunder, er hat ja auch einen besonders intensiven Draht nach ganz oben.

Als der Friedrich den Herrn Pfarrer, die Monstranz in den Händen, unter dem Himmel – nicht dem blauen, sondern dem aus Stoff – auf den abgesperrten Tatort zuschreiten sieht, wird er dann auch nervös. Noch nervöser wird er, als er sieht, dass gleich hinter dem Pfarrer die Tupfinger Martha marschiert. Die deutet ganz aufgeregt auf das Marterl und flüstert dabei einigen Damen, die neben ihr herspazieren, verschwörerisch etwas ins Ohr. Der Friedrich kann sich nur allzu gut vorstellen, was sie zu berichten hat.

»Überlassen Sie einfach mir das Reden!«, nimmt die Mörderisch Michi das Ruder in die Hand, wofür der Friedrich ihr sehr dankbar ist. Er hat nicht das geringste Problem damit, ihr in dieser Sache den Schwarzen Peter zuzuschieben. Sie ist in ein paar Tagen wieder weg, zurück in der großen Stadt, aber er muss bis an sein Lebensende mit den Sankt Lindenbaumern auskommen. Und die können in manchen Dingen ganz schön nachtragend sein. Das weiß er aus Erfahrung.

Die Mörderisch greift nach ihrem Ausweis und streckt ihn der mittlerweile nahe des Marterls angelangten Fronleichnamsprozession entgegen.

»Michaela Mörderisch, Kriminalpolizei, tut mir leid, aber Sie können hier leider nicht vorbei! Das hier ist ein Tatort. Ich muss Sie bitten, umzudrehen oder einen großen Bogen um das abgesperrte Gebiet zu machen!«

Dem Pokerface des Herrn Pfarrers ist nicht anzusehen, was er von dem Mörderischen Auftritt hält. Die Tupfinger Martha jedoch lässt ihrem Unmut freien Lauf: »Das kann doch nicht Ihr Ernst sein?! Mörderisch, ha, was ist denn das überhaupt für ein Name?!«

»Vorsicht, Vorsicht, meine Liebe, ich sag' nur Beamtenbeleidigung«, zischt Michaela Mörderisch leise, was die Martha Tupfinger aber einfach übergeht. Sie stemmt die Fäuste in ihre üppigen Hüften und keift weiter: »Sie müssen uns zum Bankerl lassen! Immerhin habe ich schon allen erzählt, wie ich die Uschi dort tot gefunden habe. Meine Freundinnen haben ein Recht darauf, sich den Tatort anzuschauen! Solche Blutflecken sieht man schließlich nicht alle Tage!«

Nun bleibt der Kriminalbeamtin vor lauter Erstaunen die Spucke weg. Mit einigem hat sie gerechnet, aber nicht mit so was. Meint diese Frau das ernst? Kann man wirklich so ignorant sein? Bevor die Mörderisch etwas erwidern kann, setzt der Friedrich seinen ganzen Charme ein. Er schnappt sich die Tupfinger Martha und führt sie ein Stück mit sich.

»Martha, meine Liebe, wir verstehen deine Aufregung ja, aber das Wichtigste ist doch momentan, dass wir den Mörder von der Uschi finden. Das geht aber nur, wenn hier am Tatort keine Spuren verwischt werden. Du möchtest doch sicher auch nicht, dass der Kerl, der unserer lieben Ursula das angetan hat, ungeschoren davonkommt. Wer weiß, vielleicht handelt es sich ja sogar um einen Serienmörder, den wir möglichst schnell aufhalten müssen.«

»Mein Gott«, stammelt die Tupfinger Martha, »dann bin ich vielleicht die Nächste.«

Die Michi Mörderisch kann sich einen zynischen Kommentar nur schwer verkneifen. Zwischen der Ursula Herzigmann und der Martha Tupfinger liegen, schon alleine optisch, halt wirklich Welten. Dennoch reißt sie sich am Riemen und lässt ihren Kollegen weiterreden.

»Das liegt durchaus im Bereich des Möglichen. Also, sei so lieb, Martha, und führ' die Gruppe durch den Wald zum nächsten Altar! Du kennst dich hier wahrscheinlich am besten aus, wegen dem Nordic Walking, du weißt schon.«

Die Tupfinger Martha nickt aufgeregt. »Ich kenn' die Gegend hier wie meine Westentasche, Friedrich, du kannst dich auf mich verlassen«, meint sie eifrig.

Der Friedrich wechselt nun auch noch ein paar leise Worte mit dem Herrn Pfarrer, der ihm schließlich verständnisvoll die Hand schüttelt. Dann setzt die Prozession, an deren Spitze nun die Tupfinger Martha in ihrem bunt geblümten Sommerkleid samt passender quietschgelber Jacke steht, ihren Weg durch den Wald fort. Und der Friedrich kann seiner Kollegin endlich in Ruhe den Tatort zeigen.

*

»Der Blick auf den See ist wirklich ein Traum«, seufzt Michi Mörderisch, bevor sie sich wieder dem Bankerl zuwendet, auf dem noch vor wenigen Stunden die tote Uschi gelegen hat.

»Allerdings, das ist er«, meint der Friedrich, dann rückt er seine Brille zurecht und sagt: »Vielleicht hat die Uschi hier ja wirklich ein Rendezvous gehabt. Das Platzl würd' sich schon dafür anbieten. Es kann aber auch gut sein, dass unser Mordopfer ganz alleine hier war. Soweit ich mich erinnern kann, ist die Uschi nämlich schon immer gerne hergekommen, zum Bankerl neben dem Marterl unter der großen Linde. Schon als kleines Mäderl hat sie oft hier gesessen und auf den See geschaut. Meistens einen Strauß frisch gepflückter Wiesenblumen für ihre Mama in den Händen. Sie war wirklich eine ganz Liebe, die Uschi.«

Verstohlen wischt der Friedrich sich eine Träne von der Wange. Zum Glück reißt die Kriminalbeamtin ihn aus seinen Erinnerungen.

»Was hat die Uschi eigentlich angehabt? Also, ich mein, ihre Leiche, gestern, als sie gefunden worden ist?«

Der Friedrich runzelt die Stirn, wobei er auch seinen extravaganten Schnauzer verzieht. Nach einer Weile antwortet er: »So eine enge bequeme Hose, die fast ausschaut wie eine Strumpfhose, nur ohne Fußteile halt.«

»Eine Leggins«, schlussfolgert die Mörderisch.

»Genau, Leggins heißen die Dinger«, stimmt der Friedrich seiner Kollegin zu, »meine Ex hat so was früher auch gern getragen. Allerdings in dezenten Farben, nicht in Neonpink wie die Uschi gestern.«

Ein Grinsen huscht über Michi Mörderischs Gesicht, dann meint sie: »Gut, Ursula Herzigmann hat also neonpinke Leggins getragen, als sie getötet wurde, und obenherum? Was hatte sie denn zu den Leggins an?«

Erneut bewegt Friedrich seinen Schnauzer in alle möglichen Richtungen.

»Ein T-Shirt, aber ohne Ärmel und hauteng. So eines, das den Busen betont.«

»Ein Top also«, hilft Michi Mörderisch ihrem Kollegen auf die Sprünge.

Der nickt zustimmend. »Ein weißes Top. Daran kann ich mich genau erinnern, weil die roten Blutflecken sich so intensiv davon abgehoben haben.«

Die Mörderisch macht sich Notizen. Dafür verwendet sie aber nicht wie der Friedrich ein Notizbuch, sondern ihr Handy.

Moderne Technik, wo das Auge hinblickt, denkt der Polizist und schüttelt verständnislos den Kopf.

»Gut, neonpinke Leggins und ein weißes Top. Wie schaut's mit den Schuhen aus?«, fragt die Kriminalbeamtin, als sie mit dem Notizenmachen fertig ist.

Dieses Mal muss der Friedrich seinen Schnauzer nicht verziehen. Er rückt lediglich seine Brille zurecht, während er wie aus der Pistole geschossen antwortet: »Turnschuhe. In Neonpink und Weiß. Ich hab' mir nämlich noch gedacht, dass die genau zu ihrem Gewand passen. Sagen Sie's nicht weiter, Frau Kollegin, aber auf die Schuhe einer Frau schau' ich immer. Vielleicht ist das ein Tick, aber ich finde, die Schuhe sagen viel über einen Menschen aus.«

Jetzt muss die Michi Mörderisch sich neben einem Schmunzeln auch einen spitzen Kommentar verkneifen. Zum Glück gelingt ihr beides einwandfrei. Stattdessen fasst sie zusammen: »Unser Mordopfer, die Ursula Herzigmann, eine angehende Schönheitskönigin, Schauspielerin und ein junges Model, hat zum Tatzeitpunkt neonpinke Leggins, ein weißes Top und farblich passende Turnschuhe getragen. Das klingt für mich jetzt nicht gerade nach dem klassischen Outfit für ein romantisches Date.«

Der Friedrich schiebt aufgeregt seine Nickelbrille nach oben. »Sie hat Sport gemacht. Wahrscheinlich der Figur zuliebe. Obwohl die ohnehin einwandfrei war, wenn Sie mich fragen.«

»Genau, sie hat Sport gemacht. Stellt sich uns als Nächstes also die Frage, ob sie das alleine getan hat oder ob jemand bei ihr war.«

»Wäre doch gelacht, wenn wir das nicht herausfinden, Frau Kollegin, und ich weiß auch schon genau, wie wir das anstellen.«

Kapitel 5

Die Zenzinger Jessy ist wirklich eine beeindruckende junge Frau, das muss sogar die Frau Kriminalbeamtin aus der Stadt neidlos anerkennen. Die Mischung aus klassischem Dirndl, dem radikalen schwarz-weißblonden Sidecut und den vielen farbenfrohen Tattoos, die macht schon was her. Die Michi Mörderisch weiß gar nicht, wo sie zuerst hinschauen soll. Auf das blutrote Herz, das ihr aus Jessys üppigem Dekolleté quasi entgegenspringt, oder die vielen klitzekleinen Sternchen, die ihre linke Schläfe zieren.

»Danke, Jessy, dass du dir für uns Zeit nimmst«, meint der Friedrich gerade.

Die beiden Damen und er haben sich ein wenig vom Festzelt, in dem der Fronleichnamsfrühschoppen stattfindet, entfernt. Einerseits, weil die Musik dort viel zu laut ist, und andererseits wegen der Tupfinger Martha. Der sind nämlich beim Anblick der beiden Inspektoren Stielaugen- und ohren gewachsen. Und, ganz ehrlich, alles muss die alte Gatschn auch nicht erfahren.

»Kein Problem, Herr Inspektor, für Sie hab' ich immer Zeit. Übrigens, wenn ich mir Sie so anschau', würd' ich sagen, dass der nächste Schnitt schon überfällig ist. Aber dafür hat Ihre Kollegin einen wirklich feschen Bob. Lassen Sie mich raten, Sie kommen aus der Stadt?«

Die Michaela Mörderisch nickt.

»Ganz klar«, meint die Jessy, »das erkennt man an Ihren Haaren. Aber egal, ich nehm' an, Sie wollen wegen etwas anderem mit mir reden.«

»Allerdings, das wollen wir. Du warst doch eine gute Freundin von der Uschi, nicht wahr, Jessy?«, erwidert der Friedrich vorsichtig.

Von einem Moment auf den anderen verändert sich der Gesichtsausdruck der jungen Frisörin. Sie kämpft gegen die Tränen an, als sie antwortet: »Ich pack's nicht. Dieses *war*, das klingt so schrecklich. So endgültig. Natürlich war ich eine gute Freundin von der Uschi, sogar die beste. Wahrscheinlich wär' sie irgendwann meine Schwägerin geworden. Immerhin sind der Johnny und ich jetzt schon eine Ewigkeit z'samm.«

Der Friedrich rückt seine Brille zurecht und erklärt in Richtung der Michi Mörderisch: »Der Johnny, also der Johann, ist Uschis Bruder. Er ist das mittlere der drei Herzigmann-Kinder. Wie alt ist er jetzt, der Johnny, Jessy?«

»Dreiundzwanzig. Ihn macht das mit der Uschi komplett fertig. Heut' wollt' er nicht mal mit mir an der Fronleichnamsprozession teilnehmen, und den Frühschoppen, den lässt er sich auch entgehen. So kenn' ich ihn gar nicht.«

Das wundert den Friedrich jetzt auch. Der Johnny, der ist sonst nämlich keinem Festl abgeneigt. Leider weiß er oft auch nicht, wann es genug mit dem Feiern ist. Nicht erst einmal hat der Friedrich ihm seine Grenzen aufzeigen müssen. Auch der Norbert kann gewaltig über die Stränge schlagen, wenn er es darauf anlegt, aber sein kleiner Bruder ist ihm, was das angeht, noch meilenweit voraus.

»Na ja, die eigene Schwester auf so brutalem Weg zu verlieren, das muss man erst einmal verdauen«, mischt die Mörderisch sich ein, »so einfach ist das nicht. Lassen Sie ihm Zeit, das wird schon wieder … Was wir aber eigentlich gerne von Ihnen wissen wollten: Die Ursula Herzigmann, die war gestern anscheinend sportlich unterwegs, als sie ihrem Mörder im wahrsten Sinne des Wortes über den Weg gelaufen ist. Wissen

Sie vielleicht, Frau Zenzinger, ob Ihre Freundin normalerweise alleine Sport gemacht hat oder eher in Begleitung?«

Die Jessy fährt sich mit der linken Hand durch die Langhaarseite ihrer Frisur und sagt dann: »Also, soweit ich weiß, ist die Uschi ganz gerne alleine laufen gegangen. Meistens in den Wald, oft aber auch um den See herum. Seit sie an diesen Schönheitswettbewerben, Model- und Filmcastings teilgenommen hat, hat sie's ziemlich übertrieben mit dem Sporteln. Anscheinend hat ihr bei einer dieser Veranstaltungen irgendjemand gesagt, dass sie zu fett ist. Seitdem wollt' sie mit aller Gewalt abnehmen.«

»Die Uschi war doch nicht fett?! Eher schon ein bisserl zu dünn!«, entfährt es dem entsetzten Friedrich.

»Das hab' ich ihr auch gesagt«, meint die Jessy schulterzuckend, »aber sie war der Ansicht, dass in ihrem Business andere Regeln gelten. Regeln, denen sie sich zu fügen hat. Irgend so was in der Art, was weiß ich. Ich persönlich hab' bis jetzt ja eher die Erfahrung gemacht, dass man mit ordentlich Holz vor der Hüttn bei den Männern besser ankommt als so ein wandelndes Skelett. Eigentlich hat die Uschi das früher genauso gesehen. Aber diese Model-, Schauspiel- und Missensache hat sie komplett verändert. Sie hat sich ziemlich von uns entfernt, die Uschi. Und an allem war nur dieser Dave schuld.«

»Dave?!«, entfährt es Mörderisch und Fesch gleichzeitig.

»Uschis Manager«, erklärt die Frisörin bereitwillig, »so ein schmieriger Kerl aus der Stadt. Ich glaub', aus Wien. Die Uschi war dem Typen komplett hörig. Eh klar, er hat ihr die große Karriere versprochen. Außerdem ist er wirklich fesch und reich anscheinend auch. Wenn ich den Johnny nicht hätt', hätt' ich's vielleicht auch beim Dave probiert.«

Johnny, Jessy, Dave – die Michi Mörderisch, die sich vorkommt wie in einer amerikanischen Seifenoper, verdreht die Augen.

»Wissen Sie vielleicht auch, wie dieser Dave mit Nachnamen heißt?«, fragt sie ein wenig genervt.

Die Jessy schüttelt den Kopf. »Nein, leider, ich hab' keine Ahnung. Für mich war er immer nur der Dave. Ich könnt' mich auch nicht daran erinnern, dass die Uschi ihn je anders genannt hat. Und die Uschi hat wirklich oft von ihm gesprochen.«

»Waren die zwei also ein Paar?«, mischt der Friedrich sich wieder in das Gespräch ein.

Noch einmal fährt die Jessy sich durch die Haare. Sie wird ein bisserl rot, als sie antwortet.

»Na ja, ein klassisches Paar, so wie der Johnny und ich, eher nicht. Die Uschi, die hat sich voll und ganz auf den Dave eingelassen, also mit allem, was dazugehört. Sie wissen, was ich meine. Aber der Dave, der hat nur mit ihr gespielt. Der hat sicher auch mit anderen angehenden Models und Schauspielerinnen was am Laufen gehabt, aber das wollt' die Uschi nicht hören. Außerdem ist der Dave schon Mitte dreißig, also war er eigentlich ohnehin viel zu alt für die Uschi. Die hat das aber naturgemäß ganz anders gesehen. Für sie war er der Traummann schlechthin. Ihr Prinz aus der Großstadt, der sie aus Sankt Lindenbaum herausholt.«

»Was ist denn so schlecht an Sankt Lindenbaum?«, hakt der Friedrich verständnislos nach.

Der Michi Mörderisch ist anzusehen, dass sie sich wieder einmal einen zynischen Kommentar verkneift. Die Jessy jedoch scheint zu hundert Prozent Friedrichs Meinung zu sein: »Keine Ahnung. Ich weiß auch nicht, warum sie plötzlich von hier wegwollte. Raus in die große weite Welt. Am besten nach Berlin, London, Paris, Mailand, Sydney oder New York. Irgendwas muss vorgefallen sein. Ich hab' aber nicht den blassesten Schimmer, was.«

Der Friedrich verdaut Jessys Worte ein bisserl, dann will er wissen: »Hat die Uschi irgendwelche Feinde gehabt, Jessy?

Weißt du von jemandem, der einen Grund gehabt hätte, ihr das anzutun?«

Es dauert erstaunlich lange, bis die Jessy dieses Mal eine Antwort findet.

»Na ja, Feinde nicht gerade, aber Neider sicher. Jede Menge. Soweit ich weiß, waren so ziemlich alle jungen Mädels hier im Dorf neidisch auf die Uschi. Weil sie so fesch war und weil sie drauf und dran war, ein echtes Model und eventuell sogar eine bekannte Schauspielerin zu werden. Dann gibt's da noch ein paar Burschen, die für die Uschi geschwärmt haben, denen sie aber nur die kalte Schulter gezeigt hat. Von denen haben sicher auch einige einen Hass auf sie gehabt. Außerdem hat die Uschi ziemlich unter den Zickereien ihrer Konkurrentinnen gelitten. Sie wär' als heimliche Favoritin in die anstehende Wahl gegangen. Ich brauch' Ihnen ja nicht zu erzählen, dass solche Stutenbissigkeiten recht unschön enden können, Herr Inspektor.«

Der Friedrich nickt. Stimmt, da hat er schon so einiges erlebt – einen Mord allerdings noch nie.

»Ich fasse also zusammen, dass es eine ganze Menge an Leuten gibt, die nicht gerade Ursula-Herzigmann-Fans waren«, meint die Michi Mörderisch trocken.

»Ja, leider«, erwidert die Jessy, während sie sich zum dritten Mal durch die Haare fährt, »aber mehr kann ich Ihnen im Moment auch nicht sagen. Wenn Sie wollen, versuch' ich herauszufinden, wie Uschis Manager mit vollem Namen heißt. Ich glaub', ich hab' irgendwo noch eine Visitenkarte von ihm.«

»Danke, Jessy, damit wär' uns sehr geholfen. Aber jetzt noch ganz was anderes. Sag, vermietet deine Mama immer noch diese Ferienwohnung?«, lenkt der Friedrich das Gespräch in eine komplett andere Richtung.

»Ich bräuchte nämlich für die nächsten Tage eine Unterkunft«, fügt die Michi Mörderisch erklärend hinzu.

»Sicher hat die Mama die Ferienwohnung noch. Und soweit

ich weiß, ist die gerade frei. Am besten, Sie kommen gleich mit, Frau Inspektor! Dann können S' mir auch mehr über Ihren Frisör in der Stadt erzählen.«

Bevor sich's der Friedrich versieht, hat die Jessy sich bei der Kriminalbeamtin untergehakt und entführt diese zu ihrer Mutter, die es sich auf einem Heurigenbankerl im Festzelt gemütlich gemacht hat. Gleich in der Nähe von der Tupfinger Martha, die gerade dabei ist, sich ihr zweites Brathendl einzuverleiben.

*

»Sie sind jetzt also die Chefin vom Friedl?« Die Tupfinger Martha mustert die Michi Mörderisch von unten bis oben und wieder zurück.

»Moment, Moment, ich bin schon ganz allein mein eigener Chef!«, geht der Friedrich empört dazwischen.

»Und warum schicken's dir dann eine Kriminalerin aus der Stadt, wenn du eh der Chef bist und alles alleine kannst?«, keift die Martha zurück.

Die Martha und der Friedrich haben von je her ein gespanntes Verhältnis zueinander. Erstens war die Martha damals in der Schule, weiß der Himmel warum, unsterblich in den Friedrich verknallt, der Friedrich hat sich aber nie für sie interessiert. Nicht, weil die Martha damals unsauber gewesen wäre, ganz im Gegenteil. In jungen Jahren war die Martha tatsächlich eine ziemlich fesche Katz'. Der Friedrich kann sich noch genau daran erinnern, dass sie die Erste in der ganzen Schule war, die einen BH getragen hat. Trotzdem hat der Friedrich sie nie anziehend gefunden. Im Nachhinein gesehen, hat er wahrscheinlich schon damals erkannt, dass die Martha mehr Haare auf den Zähnen als am Kopf hat. Außerdem ist die Martha seit Jahrzehnten mit der Ex vom Friedrich befreundet. Beste Freundinnen sind die zwei gewesen, bis der Friedrich die Scheidung eingereicht und seine Exfrau damit aus dem Dorf vertrieben hat. So sieht die Martha das nämlich. Die Sache mit dem Ehebruch blendet sie einfach aus, wenn es um den Friedrich und seine Ex geht, und das kann der Friedrich ihr natürlich gar nicht verzeihen. Er war seiner Exfrau nämlich immer treu und wäre mit Sicherheit heute noch mit ihr verheiratet, wenn er sie damals nicht in flagranti erwischt hätte.

Das alles schwirrt dem Friedrich durch den Kopf, während er sich überlegt, was er auf Marthas gehässige Frage antworten soll.

Doch zum Glück kommt ihm die Mörderisch zuvor: »Liebe Frau Tupfinger, der Herr Inspektor Fesch, der wäre mit Sicherheit bestens in der Lage, diesen Fall alleine zu lösen, aber bei Mord ist es nun einmal so, dass die Kriminalpolizei eingeschaltet wird. Das liegt aber, wie gesagt, nicht an den Fähigkeiten des Herrn Fesch, sondern einfach an den üblichen Formalitäten. Ich bin auf alle Fälle froh, dass ich jetzt in Sankt Lindenbaum sein darf, und auch sehr dankbar, dass die Frau Zenzinger mir ihre Ferienwohnung zur Verfügung stellt. Auch wenn ich natürlich lieber aus einem erfreulicheren Grund hier wäre als dem Mord an der Ursula Herzigmann.«

Der Friedrich rückt seine Brille zurecht, ganz ohne etwas zu sagen. Die Michi Mörderisch, die wird ihm wirklich immer sympathischer. Eine patente junge Frau ist sie, das muss man ihr lassen. Die Cecilia Zenzinger und die Martha Tupfinger hat sie auf alle Fälle bereits um ihren Finger gewickelt, so, wie die zwei sie anstrahlen. Allerdings dauert es nicht allzu lange, bis die Martha einen verschwörerischen Blick aufsetzt.

»Man soll ja nicht schlecht über Tote reden, aber die Uschi, Gott hab' sie selig, die war schon ein ordentliches Flitscherl. Dass es die einmal erwischt, das war ja fast zu erwarten.«

Auf einen Schlag wird dem Friedrich wieder bewusst, warum er die Martha nicht besonders mag.

»Wieso, bitte schön, war die Uschi denn ein Flitscherl? Nur, weil sie hübsch war und eine Karriere als Model und Schauspielerin angestrebt hat?«, erwidert er grantig.

»Nein, weil sie sich an alles herangeschmissen hat, was nicht bei drei auf den Bäumen war. Sogar meinem Thorsten hat sie schöne Augen gemacht«, beißt die Martha zurück.

Der Tupfinger Thorsten ist Marthas einziger Sohn. Er fällt definitiv in die Kategorie *Muttersöhnchen*, immerhin hängt er mit über dreißig noch an Mamas Rockzipfel. Wenn der Friedrich eines mit Sicherheit weiß, dann, dass die Uschi sich garantiert nicht an den Thorsten herangemacht hat. Aber die Martha, die sieht ja in jedem jungen Mädl eine potenzielle Gefahr für ihren Sohnemann.

Jetzt mischt sich die Cecilia, die aussieht wie eine ältere Version ihrer Tochter, nur ohne Sidecut und Tattoos natürlich, ein: »Das ist jetzt aber schon ein bisserl unfair, Martha. Ich hab' die Uschi sicher besser gekannt als du, schon alleine, weil meine Jessy ja mit ihrem Bruder z'samm ist. Also, wenn die Uschi eines garantiert nicht war, dann ein Flitscherl. Sicher, sie hat an jedem Finger ein paar Verehrer gehabt, aber das war ja nicht ihre Schuld. Ihr Aussehen, das hat ihr der liebe Gott gegeben. Dass sie was aus ihrer außergewöhnlichen Schönheit machen wollte, das ist ja nicht verwerflich.«

»So schön war sie auch wieder nicht«, flüstert die Martha in ihren Hauch von Damenbart.

»Ich glaub', dass dieser Manager ihr nicht gutgetan hat. Der ist ein ganz windiger Typ, Frau Inspektor, den sollten Sie sich einmal vorknöpfen«, übergeht die Cecilia Marthas Kommentar, »außerdem auch den Levin Liguster. Der ist der Uschi vor ihrem Tod gewaltig auf die Nerven gegangen. Weil er ihr ständig nachgestiegen ist. Einen Stalker nennt man so was auf Neudeutsch, glaube ich. Die Uschi, die hat sich erst vor ein paar Tagen bei mir ausgeheult, weil der Levin ihr mittlerweile richtig Angst gemacht hat.«

»Die Uschi hat Angst vorm Levin gehabt?«, hakt der Friedrich erstaunt nach.

Die Michi Mörderisch nimmt einen Schluck von ihrem Apfelsaft gespritzt und sagt dann: »Wer, bitte schön, ist dieser Levin? Schreibt man den Liguster wie den Busch?«

»Ja, genau wie die Hecke«, erklärt der Friedrich. »Der Levin ist der Sohn vom Unterlindenbaumer Bürgermeister.«

Der Mörderisch entkommt ein Lacher. »Unterlindenbaum? Ist das eine Nachbargemeinde? Sagen Sie bloß, es gibt auch ein Oberlindenbaum.«

»Natürlich gibt's kein Oberlindenbaum, so eine dumme Idee«, meint die Martha Tupfinger kopfschüttelnd.

»Unterlindenbaum ist unser Nachbarort. Sagen wir's mal so, die Sankt Lindenbaumer und die Unterlindenbaumer sind nicht gerade beste Freunde. Schon alleine deshalb, weil uns die Unterlindenbaumer unseren Ortsnamen nicht gönnen. Sankt Lindenbaum klingt halt schon um einiges besser als Unterlindenbaum. Der Lorenz Liguster ist der Bürgermeister von Unterlindenbaum. Eigentlich ist er ein recht sympathischer Kerl, aber als Sankt Lindenbaumer darf man das nicht laut sagen. Der Levin, sein Sohn, ist allerdings ein ziemlich seltsamer Bursche. Er geht kaum unter die Leute, hockt meistens zu Hause in seinem Zimmer herum. Ich glaub', den hab' ich noch nie betrunken auf einem Festl erlebt.«

Der Friedrich greift nach seinem alkoholfreien Radler und nimmt einen großen Schluck. Immerhin ist es heute heiß wie an einem Sommertag.

»Was wollte dieser Levin denn von der Ursula Herzigmann?«, wendet die Mörderisch sich an Cecilia Zenzinger.

»Na, was wohl, das, was alle Burschen von ihr wollten«, entfährt es der Tupfinger Martha.

Jessy Zenzingers Mutter schüttelt den Kopf.

»Nein, nein, der war nicht nur auf etwas Körperliches aus. Er hat der Uschi ständig Nachrichten geschickt, in denen er ihr vorgeschwärmt hat, dass sie die einzig wahre Frau für ihn ist. Die Liebe des Lebens, eine Seelenverwandte. So was in der Art halt. Außerdem hat er gemeint, dass er mit ihr zusammen sein will, bis dass der Tod sie scheidet. Und einmal, als die Uschi ihm gesagt hat, dass er sie in Ruhe lassen soll, weil sie nix von ihm wissen will, hat er ihr gedroht. So in die Richtung, wenn ich dich nicht haben kann, dann soll dich gar keiner haben.«

Der Friedrich rückt sich harsch seine Brille zurecht. »Herrschaftszeiten, warum ist die Uschi denn nicht zu mir gekommen?! Das klingt ja nach einer einwandfreien Morddrohung!«

Cecilia Zenzinger seufzt, dann erklärt sie: »Die Uschi wollte nicht, dass jemand davon erfährt. Nicht einmal mit der Jessy hat sie darüber gesprochen. Sie wollte, glaube ich, verhindern, dass ihre Freunde und ihre Familie sich Sorgen um sie machen. Außerdem hat ihr ihr Manager geraten, das nicht an die große Glocke zu hängen. Weil die Leute lieber eine strahlende sorgenfreie Schönheitskönigin haben als eine ängstliche oder so ähnlich. Von mir hat sie verlangt, dass ich dichthalte. Ich glaub', ihr war es ziemlich peinlich, dass ihr das Ganze mir gegenüber rausgerutscht ist. Sie hat mich bekniet, dir nichts zu sagen, Friedrich. Du kannst dir gar nicht vorstellen, welche Vorwürfe ich mir mache, seit ich weiß, was der Uschi angetan worden ist.«

Dem Friedrich ist deutlich anzusehen, wie sehr das Fehlverhalten der Zenzinger Cecilia ihn ärgert. »Und warum, bitte schön, erfahr' ich das alles erst jetzt? Hättest du mir nicht schon heute früh von der G'schicht mit dem Liguster Levin erzählen können?«

»Schon«, meint die Cecilia schuldbewusst, »ich wollt' eh zu dir kommen, aber dann hab' ich mir gedacht, ich wart' den Frühschoppen ab. Weil's jetzt eh nicht mehr eilt.«

Stumm zählt der Friedrich von zehn hinunter, damit er nichts sagt, was er später bereuen könnte. Als er sich innerlich wieder beruhigt hat, wendet er sich an die Mörderisch: »Frau Kollegin, ich denke, es ist höchste Zeit, Ihnen Unterlindenbaum zu zeigen.«

Kapitel 6

Fluffige weiße Wolken türmen sich am Himmel, als die Mörderisch und der Fesch sich auf den Weg nach Unterlindenbaum machen. Weit ist es ja nicht, die Vespa hätte den Weg leicht gepackt, aber weil der Friedrich das Gefühl hat, dass die Frau Kriminalinspektorin gerne mit ihrem schicken Wagen fährt, und er sich darüber hinaus denkt, dass sie damit beim Bürgermeister von Unterlindenbaum Eindruck schinden können, sitzen die beiden nun also wieder im Mörderischen Auto. Zum Glück ist es in Unterlindenbaum nicht ganz so kurvig wie in Sankt Lindenbaum, übrigens auch abseits der Straße, was den Friedrich in doppelter Hinsicht vor weiteren Schweißausbrüchen bewahrt.

»Ich versteh', dass die Unterlindenbaumer eifersüchtig auf Sie und die anderen Sankt Lindenbaumer sind, Herr Fesch«, meint die Mörderisch, als sie das Unterlindenbaum-Dorfschild passiert, »hier ist es wirklich nicht ganz so schön wie in Sankt Lindenbaum. Immer noch besser als dort, wo ich herkomme, aber an Sankt Lindenbaum reicht es nicht heran.«

Der Friedrich, der ohnehin schon mit dem Kopf beinahe die Innenseite des Autodachs berührt, wird vor lauter Stolz noch ein Stückerl größer.

»Sagen S' das aber nicht dem Lorenz Liguster. Der wär' sonst sicher arg traurig. Er kann ja auch nix dafür, dass es bei ihm nur zum Bürgermeister von Unterlindenbaum gereicht hat. Ursprünglich ist er nämlich ein geborener Sankt Lindenbaumer, aber die Liebe hat ihn in die Ferne verschlagen.«

In die Ferne findet Michi Mörderisch jetzt etwas übertrieben, aber um den lieben Frieden zu wahren, schluckt sie ihren bissigen Kommentar zu der pathetischen Bemerkung des Polizeiinspektors hinunter.

Stattdessen meint sie: »Na ja, wo die Liebe hinfällt. Umso spannender, dass der Levin Liguster sich in eine Sankt Lindenbaumerin verguckt hat. Trauen Sie dem Burschen eigentlich den grausamen Mord an der Ursula Herzigmann zu?«

Der Friedrich zuckt mit den Schultern. Darüber hat er sich in den letzten Minuten auch den Kopf zerbrochen. Er kennt den Levin nicht allzu gut und findet ihn schon etwas merkwürdig, aber ob er das Zeug zum brutalen Mörder hat? Andererseits gibt es ja Leute, die behaupten, dass jeder Mensch grundsätzlich zu Schandtaten fähig ist. So nach dem Motto, das Böse schlummert in jedem von uns. In manchen halt ein bisserl tiefer und fester als in anderen.

»Ich weiß nicht, Frau Mörderisch, ich weiß nicht. Am besten, Sie machen sich selbst ein Bild vom Levin. Im Gegensatz zu mir sind Sie komplett unvoreingenommen. Das kann sicher nicht schaden ... Da drüben müssen Sie rechts abbiegen. Die Ligusters wohnen gleich neben dem Gemeindeamt.«

Der kleine Platz vor dem Rathaus, auf dem die Michi Mörderisch nun ihren Wagen parkt, ist nun aber doch besonders idyllisch. Wenn man vom fehlenden Blick auf den See absieht, hat auch Unterlindenbaum einiges an Urlaubsflair zu bieten.

»Mich wundert ja, dass die Gegend hier nicht touristisch genutzt wird. Das ist doch genau das, wonach gestresste Städterseelen sich sehnen«, meint die Mörderisch, während sie ihre Autotür zuschlägt.

Dem Friedrich steht das Entsetzen ins Gesicht geschrieben, als er erwidert: »Bitte, verschreien Sie's bloß nicht, Frau Kollegin! Wir sind ganz froh, dass Sankt Lindenbaum und Unterlindenbaum außer uns Einheimischen kaum jemand kennt.«

Die Kriminalbeamtin aus der Stadt schüttelt lächelnd den Kopf. »Ich seh' schon, was die Weltoffenheit angeht, hapert's ein bisserl bei euch Einheimischen.«

»Was hat denn das mit fehlender Weltoffenheit zu tun, Frau Kollegin, wir haben einfach gerne unsere Ruhe hier, das ist doch auch unser gutes Recht!«, erwidert der Friedrich aufbrausend, wobei sein Schnauzer bedrohlich vibriert.

Die Michi Mörderisch macht sich gedanklich eine Notiz, diesen Punkt lieber nicht mehr anzusprechen. Stattdessen lenkt sie das Thema wieder auf den Mordfall: »Ich bin gespannt, ob die Obduktion genauere Rückschlüsse auf die Tatwaffe zulässt. Wissen Sie, wann wir mit einem Bericht zu rechnen haben?«

»Nein, leider. Nachdem heute ein Feiertag ist, wird's wohl noch ein wenig dauern. Apropos Feiertag, wahrscheinlich finden wir den Lorenz Liguster und seine Frau in der Kellergasse. In Unterlindenbaum feiert man Fronleichnam traditionellerweise mit einem Kellergassenfest. Trotzdem würd' ich's gern zuerst bei ihm zu Hause probieren. Vielleicht macht uns ja der Levin auf. So, wie ich den Sohn unseres Bürgermeisters einschätze, ist der nämlich eher nicht beim Fest.«

»Wie Sie meinen, Herr Kollege, ich vertraue da voll und ganz auf Ihr Bauchgefühl.«

Die Michi Mörderisch folgt dem Friedrich zu dem schmucken blauen Einfamilienhaus, in dem der Herr Bürgermeister anscheinend mit seiner Familie lebt. Schon nach dem ersten Klingeln geht die Haustür auf. Eine attraktive Frau Ende vierzig blickt ihnen verweint entgegen.

»So ein Glück, dass Sie da sind, Herr Fesch. Hat mein Mann Sie also doch verständigt, kommen S' doch rein!«, begrüßt die schlanke Brünette mit den traurigen bernsteinfarbenen Augen den Inspektor schluchzend. Dann spricht sie, ohne eine Antwort abzuwarten, weiter: »Ich versteh' ja beim besten Willen nicht, warum der Lorenz in so einer Situation zum Kellergassenfest gegangen ist. Nur, weil er der Bürgermeister ist, muss er ja nicht bei jedem Spektakel dabei sein. Vor allem nicht, wenn etwas so Schreckliches passiert ist.«

Der Friedrich und die Mörderisch schauen einander erstaunt an. Keiner der beiden weiß, wovon die Frau Liguster spricht. Ob sie den Mord an der Ursula Herzigmann meint? Um keinen Fehler zu begehen, sagen sie beide fürs Erste gar nichts.

»Am besten, Sie kommen gleich mit in Levins Zimmer. Ich nehme an, Sie werden sich dort umsehen wollen. Außerdem sollten Sie die Nachricht lesen. Die auf seinem Spiegel. Oder hat mein Mann die nicht erwähnt?«

Dem Friedrich, der plötzlich das Bedürfnis hat, seine Brille zurechtzurücken, schwant Böses. Der Michi Mörderisch ist anzusehen, dass es ihr ebenso geht. Trotzdem wollen sie das, was sie bereits vermuten, aus dem Mund von Frau Liguster hören.

Die räuspert sich kurz und flüstert, während sie die Tür zum Zimmer ihres Sohnes öffnet: »Ich weiß, dass der Levin kein kleines Kind mehr ist, aber bis jetzt ist er noch nie einfach so verschwunden. Noch dazu so lange und über Nacht. Irgendetwas ist ihm zugestoßen, Herr Fesch, da bin ich mir absolut sicher. Bitte, finden Sie meinen Levin!«

*

Seid mir nicht böse, ich kann nicht anders. Sorry! steht in roten Lettern auf dem Spiegel im Kinderzimmer von Levin Liguster. Nachdem der Levin eher nicht in die Abteilung der Lippenstift-Konsumenten fällt, tippt der Friedrich auf Edding.

»Wie alt ist Ihr Sohn jetzt, Frau Liguster?«, fragt der Polizist, während er sich in dem kleinen Raum umsieht.

»Dreiundzwanzig«, antwortet die Frau des Unterlindenbaumer Bürgermeisters leise, »und ich weiß, was Sie jetzt denken. Das Zimmer sieht nicht gerade aus wie das eines jungen Erwachsenen. Aber glauben Sie mir, das war nicht meine Idee. Der Levin will es so. Ich mach mir deshalb auch Sorgen.«

Die Mörderisch und der Fesch werfen einander vielsagende Blicke zu. Mit dreiundzwanzig noch in einem Zimmer wie diesem zu wohnen, das hätt' sich keiner der beiden vorstellen können. Unzählige Videospiel-Poster an den babyblauen Wänden, auf dem Hochbett eine Tuchent und ein Polster, die eine Comicfigur ziert, deren Name dem Friedrich partout nicht einfallen will, eine winzige Kommode und dieser Spiegel in Form eines Rennautos. Der, auf dem *Seid mir nicht böse, ich kann nicht anders. Sorry!* steht. Außerdem noch ein Bücherregal voller Wälzer mit düsteren Titeln, ein nicht allzu großer Fernseher und eine DVD-Sammlung, die nicht minder düster wirkt.

»Ich weiß, dass es eigentlich kein Grund ist, sich große Sorgen zu machen, wenn ein Dreiundzwanzigjähriger zwei Tage ausbleibt, aber Sie kennen den Levin ja ein wenig, Herr Fesch, der macht so was normalerweise nicht. Außerdem ist da diese Nachricht auf dem Spiegel. Die klingt schon beunruhigend, finden Sie nicht auch?«

Der Friedrich überlegt einen Moment, was er antworten soll, dann sagt er: »Ist schon gut, dass wir jetzt da sind, Frau Liguster. Auch wenn der Levin wahrscheinlich nur bei einem Freund versumpft ist.«

»Der Levin hat keine Freunde«, entfährt es der Gattin des Unterlindenbaumer Bürgermeisters rascher, als ihr lieb ist.

Die Michi Mörderisch geht aufs Ganze: »Wie schaut's denn beim Levin mit der Liebe aus, Frau Liguster? Wissen Sie, ob er eine Freundin hat? Vielleicht ist er ja bei ihr?«

Entsetzt starrt die Befragte die Kriminalbeamtin an. »Eine Freundin? Nein, ganz sicher nicht! Der Levin hat noch nie eine Freundin gehabt. Dafür ist er ja eigentlich auch viel zu jung.«

Erneut schauen die Michi Mörderisch und der Friedrich Fesch sich an. Beide denken das Gleiche. Wenn der Levin nicht bald die Reißleine zieht, geht es ihm am Ende so wie dem Thorsten Tupfinger. Für immer an Mamas Rockzipfel. Ob das der Grund ist, warum er so plötzlich verschwunden ist? Oder hat er etwas mit dem Mord an der Uschi zu tun?

»Kennt Ihr Sohn die Ursula Herzigmann, Frau Liguster?«, hakt die Michi Mörderisch nun auch nach.

Das Gesicht der Frau Liguster spielt sofort alle Farben. Diese Frage ist ihr nicht wurscht, das sieht man genau. Es dauert auch ein bisserl, bis sie imstande ist, sie zu beantworten.

Nach einem tiefen Atemzug und einem lauten Räusperer meint sie schließlich: »Ursula Herzigmann? Das sagt mir gerade gar nichts. Ist das ein Mädel aus unserem Ort?«

Eines muss die Frau Liguster eindeutig noch üben: das überzeugende Lügen. Trotzdem tut der Friedrich so, als hätte er nicht bemerkt, dass die Frau Bürgermeister nicht die Wahrheit sagt.

»Nein, die Herzigmann Uschi ist eine Sankt Lindenbaumerin. Sie ist vorgestern ermordet worden. Wundert mich, dass sich das noch nicht bis nach Unterlindenbaum herumgesprochen hat.«

Wieder leuchtet Frau Ligusters Gesicht in den schönsten Rottönen. »Ermordet? Das ist ja furchtbar. Wahrscheinlich hab' ich das aus lauter Sorge um den Levin nicht mitgekriegt. Also, wie gesagt, ich kenn' keine Ursula Herzigmann, und ich bin mir sicher, mein Sohn auch nicht.«

»Wann haben Sie Ihren Sohn denn das letzte Mal gesehen, Frau Liguster?«, lenkt die Kriminalbeamtin das Gespräch auf Levin Ligusters Verschwinden.

Dieses Mal kommt die Antwort wie aus der Pistole geschossen: »Vorgestern Abend, so gegen sechs, beim gemeinsamen Jausnen. Danach hat er sich sein Mountainbike geschnappt, um noch eine Runde durch den Wald zu fahren. Das macht er öfters in der letzten Zeit. Um fitter zu werden, meint er.«

Fitter werden? Doch nicht etwa für die Ursula Herzigmann?, schießt es der Michi Mörderisch durch den Kopf.

Der Friedrich rückt seine Nickelbrille zurecht. »Und seit er mit seinem Radl zu einer Tour durch die Wälder aufgebrochen ist, haben Sie und Ihr Mann nichts mehr von ihm gehört?«

Die Frau Bürgermeister nickt.

»Genau. Anfangs haben wir uns keine großen Sorgen gemacht. Erst, als es dunkel geworden ist, haben wir versucht, ihn am Handy zu erreichen. Das hat er aber anscheinend abgedreht. Mein Mann hat sich dann auch auf die Suche nach dem Levin gemacht. Ich glaub', er war sogar bei euch drüben, in Sankt Lindenbaum. So gegen elf ist er nach Hause gekommen. Alleine. Gestern hat der Lorenz ihn dann wieder überall gesucht. Als wir heute Morgen dann immer noch keine Nachricht vom Levin gehabt haben, hab' ich meinen Mann gebeten, die Polizei zu verständigen. Das hat er dann ja anscheinend auch gemacht.«

Tränen rinnen der Frau Liguster über die Wangen. Die Mörderisch versucht, sie zu beruhigen: »Junge Leute wie der Levin, die plötzlich verschwinden, tauchen meistens ganz von selbst wieder auf. Die denken gar nicht daran, dass sich irgendjemand Sorgen um sie machen könnte. Wahrscheinlich ist das bei Ihrem Sohn genauso. Trotzdem werden wir nach ihm suchen, versprochen. Haben Sie ein aktuelles Foto von ihm, das Sie uns einstweilen überlassen können?«

Die Mutter des Abgängigen schluchzt, während sie in einer Lade der Kommode nach einem Foto sucht: »Ich hoffe, Sie haben recht, Frau Inspektor, aber glauben tu ich's nicht. Ich hab' ein ganz schlechtes Gefühl. Mein Levin, der macht so was einfach nicht. Nein, ich bin mir ganz sicher, dass ihm etwas Schreckliches passiert ist.«

Oder dass er etwas Schreckliches getan hat, denkt der Friedrich. Aber das spricht er natürlich nicht laut aus.

Kapitel 7

»So schlecht schaut der Levin gar nicht aus«, meint die Michi Mörderisch, als sie sich das Foto vom Liguster-Sprössling noch mal genauer ansieht. Sie und der Friedrich haben sich ein schattiges Platzerl am Unterlindenbaumer Hauptplatz gesucht, allerdings unter eine Buche, weil es dort keine Linde gibt, um zu überlegen, wie sie am besten weiter vorgehen sollen.

»Wie meinen S' das jetzt, Frau Kollegin? Warum sollte der Levin denn ein schiacher Kerl sein?«, fragt der Friedrich verständnislos.

»Na ja, bei dem Kinderzimmer. Außerdem hab' ich nach Ihren und Cecilia Zenzingers Erzählungen geglaubt, dass es sich beim Liguster Levin um einen verschrobenen, einsiedlerischen Nerd handelt. So einen seltsamen Typen mit altmodischer Brille, Pickeln im Gesicht, strähnigen Haaren, ein bisserl Übergewicht oder starkem Untergewicht, so was in der Art halt. Jemand, der nur Schwarz trägt oder T-Shirts mit grauslichen, furchterregenden Aufdrucken und den Namen irgendwelcher Bands drauf. Aber, wenn man diesem Foto glauben kann, dann ist der Levin ein ganz normaler, relativ attraktiver Bursche.«

Kopfschüttelnd greift der Herr Inspektor Fesch nach dem Bild vom Levin. »Also, ich muss schon sagen, dieses Schubladendenken hätte ich von Ihnen nicht erwartet, Frau Kollegin, nicht jeder, der Metal-Band-T-Shirts trägt, ist ein Nerd, ich hab' auch ein paar dieser Leiberln im Schrank.

Das hätten S' jetzt nicht erwartet, gell? Ich hör' halt alles gern, von der Oper bis zum Heavy Metal. Aber zurück zum

Levin. Als Mann tu ich mir schwer damit zu beurteilen, ob er fesch ist oder nicht, aber ich glaub' schon, dass er den Mädels gefallen könnt'. Wenn er nicht so seltsam wär'. Nerd trifft's vielleicht ganz gut, verschroben wahrscheinlich noch besser. Ich glaub', dass er ein besonders intelligenter Kerl ist, aber große soziale Probleme hat. Er ist eher der Typ Außenseiter, der, mit dem niemand in seinem Alter so recht was anzufangen weiß. Weil er halt auf keines der Festln geht, nicht trinkt und nicht raucht, bei keinem Verein ist, also alles, was andere junge Lindenbaumer machen, lieber bleiben lässt. Ein moderner Eremit, das ist er, der Levin … Jetzt schauen S' halt nicht so erstaunt, nur, weil ich ein Fremdwort benutzt habe. Ich glaub', Sie haben wirklich ein komplett falsches Bild von uns Landleuten.«

Die Michi Mörderisch übergeht diese letzte Bemerkung. Es ist ihr unangenehm, dass der Herr Fesch ihre Gedanken zu lesen scheint. An ihren Vorurteilen sollte sie wirklich arbeiten. »Glauben Sie, dass er die Uschi auf dem Gewissen hat und deshalb verschwunden ist?«, murmelt sie schließlich, während sie ihren Blick nicht von dem schlanken semmelblonden Burschen mit den sympathischen Grübchen im Gesicht abwendet. Auch wenn er auf dem Foto lächelt, das Schwermütige in seinen bernsteinfarbenen Augen, das dominiert das Bild.

Der Friedrich zuckt mit den Schultern. »Ich weiß nicht, ob ich dem Levin so was zutraue. So gut kenne ich ihn auch nicht. Schon möglich, dass er ausgetickt ist, weil die Uschi nichts von ihm wissen wollte. Stille Wasser sind ja bekanntlich tief.« Während der Herr Inspektor das ausspricht, hat er plötzlich den Sankt Lindenbaumer See vor Augen und dazu dieses Bauchgefühl, das grundsätzlich nichts Gutes bedeutet.

*

»Können S' mir jetzt endlich erklären, warum wir unbedingt zum See müssen?« Die Mörderisch hetzt hinter dem Fesch her und wundert sich, welches Tempo er draufhat. Fast gazellengleich lässt er Meter um Meter des Waldes hinter sich, über Baumwurzeln springend, immer sein Ziel vor Augen. Das wiederum erinnert die Kriminalinspektorin eher an einen Löwen, Tiger oder irgendein anderes brandgefährliches Raubtier, das seiner chancenlosen Beute auf der Spur ist. Welche Fährte der Friedrich gerade verfolgt, ist der Michi Mörderisch allerdings schleierhaft.

»Hallo, Erde an Fesch, ich hab' Sie was gefragt!«

Seine Nickelbrille zurechtrückend, schnauft der Angesprochene endlich: »Bauchgefühl.«

»Geht's vielleicht auch ein bisserl genauer?!«, beißt die Mörderisch, der ihre gesamte Coolness abhandengekommen ist, zurück. Wenn sie etwas gar nicht leiden kann, dann ist es, das Ruder aus der Hand zu geben.

»Jetzt vertrauen S' mir halt einfach«, poltert der Friedrich in seinem Bass zurück. »Ich spür', dass uns der See irgendetwas sagen will.«

»Ich spür', dass uns der See irgendetwas sagen will«, äfft die Kriminalbeamtin den Fesch nach, während sie ihm den Vogel zeigt. Beides bleibt glücklicherweise von ihm unbemerkt.

»Ist's noch weit bis zum S...«, der Mörderisch bleibt die Spucke weg. »Wahnsinn!«

Nun huscht dem Friedrich ein Grinsen übers Gesicht. »Da schauen S', was? Der Anblick hat schon den einen oder anderen Stadtmenschen zum Landleben bekehrt.«

Der Sankt Lindenbaumer See liegt vor ihnen wie ein Stück Karibik mitten in Österreich. Glasklar, die gesamte Palette der Blautöne abdeckend, von Helltürkis bis Aquamarin, Trinkwasserqualität, ein schneeweißer Kiesstrand und ein 1a-Fischbestand inklusive. Badewanne ist er allerdings keine, aber das stört den Friedrich, der ohnehin alles über zwanzig Grad viel zu warm, weil nicht mehr erfrischend, findet, überhaupt nicht. Wenn er, am Rücken liegend, im Sankt Lindenbaumer See treibt, dann fühlt er sich wie frischgeboren, wie ein Fisch im Wasser – ein schon alleine wegen seines Sternzeichens äußerst passender Vergleich. Doch was da gerade im See treibt, das gehört ganz und gar nicht dorthin. Wobei treiben in diesem Fall nicht unbedingt der richtige Ausdruck ist. Eigentlich liegt es eher im seichten Wasser.

»Das ist doch nicht etwa?«, stammelt die Mörderisch, die sofort nach den Gummihandschuhen kramt, die sie immer bei sich trägt, je nach Outfit entweder in einer der Hosen- oder der Jackentaschen.

»Ich hab' Ihnen doch gesagt, dass der See eine Nachricht für uns bereithält«, erwidert der Friedrich zufrieden. Treffer, versenkt, eins zu null für sein Bauchgefühl.

*

»Erledigt!« Michi Mörderisch steckt ihr Handy zurück in die Hosentasche, aus der sie auch die Gummihandschuhe hervorgezaubert hat, was den Friedrich für einen Moment darüber nachdenken lässt, wie unglaublich groß diese Tasche sein muss. »Die Kollegen von der Spurensicherung kommen, wenn sie mit dem Ursula-Herzigmann-Tatort fertig sind, sofort hierher. Ich hab' ihnen den Auftrag gegeben, den gesamten Bereich rund um den See zu durchforsten, Taucher sollten wir vielleicht auch herbestellen. Vorausgesetzt natürlich, das ist überhaupt das Levin-Liguster-Mountainbike.«

Ein Lächeln huscht über Friedrichs Gesicht, diese Kriminalbeamtin ist schon eine Nummer für sich. Ursula-Herzigmann-Tatort und Levin-Liguster-Mountainbike, ein bisserl seltsam ist sie schon, aber vielleicht findet er sie gerade deshalb so sympathisch. Ein bisserl seltsam ist er selbst nämlich auch, wenn man ganz ehrlich ist. Also zwirbelt er seinen Schnauzer, rückt sich dann die Nickelbrille zurecht und folgert.

»Wir wissen nur von *einem* jungen Mann, der seit vorgestern Abend abgängig ist, und das, nachdem er sich sein Mountainbike geschnappt hat, und jetzt finden wir ein einsames, verlassenes Mountainbike im seichten Wasser des Sankt Lindenbaumer Sees. Mich wundert übrigens, dass das bis jetzt keiner bemerkt und gemeldet hat. Aber, wie auch immer, ich glaub', ich lehn' mich nicht zu weit aus dem Fenster, wenn ich einfach mal behaupte, dass dieses Fahrrad dem Levin Liguster gehört. Die Sankt Lindenbaumer sind nämlich ziemlich happig auf ihre weltlichen Besitztümer, müssen Sie wissen, von denen würde nie jemand einfach so ein astreines Radl wie dieses am See zurücklassen. Obwohl ich die Farbe ja ein bisserl gewöhnungsbedürftig finde. Dieses Orange ist fast schon so aufdringlich wie die neonpinke Leggins von der Uschi.«

»Erstens ist Neonorange gerade total in, und zweitens würde kein Mensch freiwillig ein Mountainbike wie dieses irgendwo zurücklassen, Sankt Lindenbaumer hin oder her«, antwortet die Mörderisch. »Das Ding ist ein Vermögen wert. Ich hab' Ihnen ja schon erzählt, dass ich gerne Autorennen und Motocross fahre.«

Der Friedrich nickt nur stumm, ihm graut schon jetzt vor der nächsten Autofahrt mit der Kriminalbeamtin.

»Nachdem ich, wie gesagt, alles Schnelle mag, hab' ich auch ein Faible für's Downhillfahren.« Der verständnislose Blick des Herrn Fesch amüsiert seine Kollegin aus der Stadt. »Also, ich hau mich gern auf Rädern, ähnlich diesem hier, den Berg runter, wenn Sie verstehen, was ich meine.«

Kopfschüttelnd entfährt es dem Friedrich: »Kann es sein, dass Sie latent selbstmordgefährdet sind, Frau Kollegin?«

»Keine Sorge«, lacht die Mörderisch, »einen Adrenalin-Junkie wie mich bringt nicht so schnell was um, außer Langeweile vielleicht, aber zurück zum Thema. Ich kenn' mich ein bisserl mit Rädern aus. Dieses Bike hier ist sicher ein paar Tausend Euro wert. Das ist ein Schmuckstück … wie schätzen Sie denn die finanzielle Lage der Ligusters ein?«

»Na, Sie fragen mich Sachen. Ich denk' schon, dass es sich die Ligusters leisten können, ihr einziges Kind zu verwöhnen, aber wissen tu ich's nicht. Ich gehör' nicht zu den Menschen, die sich darüber Gedanken machen, wie viel andere verdienen. Geld ist mir grundsätzlich nicht besonders wichtig.«

»Was bleibt Ihnen als Polizist auch anderes übrig«, meint die Kriminalbeamtin keck, dann wendet sie sich wieder dem Mountainbike zu.

»Also, wir können auf alle Fälle davon ausgehen, dass der Levin sein schickes Bike nicht einfach so freiwillig hier zurückgelassen hat, um dann zu Fuß weiterzugehen. Irgendetwas muss ihn zu einer Verzweiflungstat getrieben haben.«

»Entweder war er komplett fertig, weil er kurz zuvor die Uschi umgebracht hat, und ist deshalb in den See gegangen«, übernimmt der Friedrich. »In diesem Fall finden wir seine Leiche, wenn wir Glück haben, irgendwo da draußen am Grund – der See ist nämlich da hinten, an den dunklen Stellen, bis zu vierzig Meter tief.«

»Oder aber«, setzt die Mörderisch fort, »er hat etwas beobachtet, das er nicht beobachten hätte sollen, und ist deshalb selbst zum Opfer eines Verbrechens geworden. Gut möglich, dass er die Flucht durch den See angetreten ist und deshalb sein Mountainbike zurücklassen musste.«

Einen Moment lang sagt keiner der beiden etwas. Der Friedrich schaut sich in Ruhe um. Scannt den See und den Wald, der diesen umgibt, dann sieht er rauf zum Bankerl unter der großen Linde, auf dem die Uschi gestorben ist. Man kann es von hier aus in der Ferne genau erkennen. Schon möglich, dass der

Levin den Mord an der Uschi beobachtet hat, dann mit seinem Radl flüchten oder Hilfe holen wollte. Hier könnte man leicht jemanden um die Ecke bringen und danach verschwinden lassen, ohne dass es auch nur eine Menschenseele mitbekommt. Vor allem nachts, wenn außer ein paar Füchsen, Eulen und Fledermäusen rund um den See nichts kreucht und fleucht. Oder aber, der Levin hat seine Angebetete tatsächlich auf dem Gewissen, weil sie ihn wieder einmal zurückgewiesen hat, weil er den Frust nicht mehr verkraften konnte, weil er rotgesehen und zugeschlagen hat, mit einem stumpfen Gegenstand, den er danach im See versenken wollte und sich selbst eventuell gleich mit. Darauf würde auch die Spiegel-Botschaft hindeuten: *Seid mir nicht böse, ich kann nicht anders. Sorry!*

Ein Seufzer entkommt dem Friedrich, der sich nicht entscheiden kann, welche der beiden Versionen er für wahrscheinlicher hält. Auch sein Bauchgefühl lässt ihn im Stich. Also meint er nur: »Sie machen jetzt bitte mit Ihrem Smartdings ein Foto von dem Radl, damit wir's den Ligusters zeigen können. Und erinnern Sie mich dran, dass wir sie auch danach fragen, was der Levin, als er verschwunden ist, angehabt hat und ob er sein Handy überhaupt mitgenommen hat! Wir sollten nämlich unbedingt eine Fahndung nach ihm rausgeben. Ganz egal, ob er Opfer, Täter oder Unbeteiligter ist, finden müssen wir ihn auf alle Fälle.«

*

Mächtige Gewitterwolken färben den Himmel über Unterlindenbaum dunkelgrau, als der Friedrich zum zweiten Mal an diesem Tag auf das Haus der Familie Liguster zusteuert. Gerade, als er die Klingel drückt, wird das Grau von einem grellen Blitz durchbrochen, kurz darauf grollt der Donner bedrohlich durch ganz Unterlindenbaum.

»Wenn das kein Zeichen ist«, murmelt die Michi Mörderisch. »Was meint Ihr Bauch dazu, Herr Fesch?«

Ein leises Knurren ist die Antwort. Eines aus den Tiefen der Körpermitte des Inspektors.

»Mein Bauch meint, dass es Zeit fürs Abendessen wäre. Wenn Sie meinen Intuitionsstatus ansprechen, dann muss ich Sie enttäuschen, Frau Kollegin, momentan tut sich in dieser Richtung leider gar nichts. Aber vielleicht hilft uns ja das kommende Gesp…«

»Herr Inspektor Fesch, gibt's was Neues von meinem Sohn?«, unterbricht ein recht attraktiver Mann Ende vierzig den Friedrich.

Er ist groß, bis auf ein kleines Wohlstandsbäuchlein relativ schlank, hat von weißen Strähnen durchwobene dunkelblonde Haare, und seine von kleinen Falten umgebenen grauen Augen verstecken sich hinter einer markanten schwarzen Brille. Sie sehen gerötet aus, ob dies von den Nachwehen des Kellergassenfestes oder der Sorge um den Stammhalter herrührt, lässt sich nicht eindeutig feststellen.

Der Friedrich vermutet, dass beides zutrifft, also meint er vorsichtig: »Wir sind uns nicht sicher, dürfen wir vielleicht reinkommen, um in Ruhe mit Ihnen und Ihrer Gattin zu sprechen?«

»Die Nadja schläft gerade. Ich hab' ihr gesagt, sie soll ein Beruhigungsmittel nehmen und sich ein bisserl ausrasten. Sie ist krank vor Sorge um den Levin. Der Bub ist ihr Ein und Alles. Aber kommen S' ruhig trotzdem rein, wenn wir im Wohnzimmer miteinander reden, sollten wir sie nicht stören. Kann ich Ihnen irgendetwas anbieten? Kaffee, ein Wasser vielleicht?«

»Ein Kaffee wäre super, schwarz und ohne Zucker, danke«, antwortet die Mörderisch wie aus der Pistole geschossen, nicht nur, weil sie dringend eine Dosis Koffein braucht, sondern auch, weil sie den Gedanken, sich für einen Moment unbeobachtet im Wohnzimmer der Ligusters umschauen zu können, sehr spannend findet.

»Für Sie auch einen Kaffee, Herr Inspektor? Ein alkoholfreies Bier könnt' ich Ihnen ebenfalls anbieten, ich nehm' an, ein anderes trinken Sie im Dienst nicht?«

»Zu einem alkoholfreien Bier sag' ich natürlich nicht Nein.« Ein weiteres wütendes Donnergrollen unterstreicht die Antwort des Herrn Fesch.

»Gehen S' ruhig schon ins Wohnzimmer, einfach g'rade durch!«, fordert der Unterlindenbaumer Bürgermeister die beiden Ermittler auf, bevor er in die Küche verschwindet.

Das Wohnzimmer der Ligusters ist äußerst geschmackvoll und teuer eingerichtet, findet zumindest die Michi Mörderisch. Eine edle cremefarbene Ledercouch samt passendem Tisch, schwarze Schränke und Kästen, denen anzusehen ist, dass sie maßgefertigt sind, dazu eine überdimensionale Leinwand samt Beamer und eine Soundanlage, die in der Kriminalbeamtin einen kurzen Anflug von Neid aufkeimen lässt. Finanzielle Sorgen plagen die Ligusters, wie es scheint, also nicht.

Das erhärtet in den Augen der Mörderisch den Verdacht, dass das gefundene Luxus-Mountainbike dem Levin gehört. Sie schaut den Friedrich kurz an, der nickt stumm und deutet auf ein Foto, das auf dem Kamin der Ligusters steht. Es zeigt die Familie Liguster in fragwürdigen Radfahroutfits während eines Ausflugs irgendwo im Gebirge. Alle drei eines dieser Profi-Mountainbikes unter dem Hintern. Der Herr Bürgermeister ein Modell in Neongrün, seine Gattin ein neongelbes und der Levin das, das die Mörderisch und der Fesch im seichten Wasser des Sankt Lindenbaumer Sees gefunden haben.

Hab' ich's doch gewusst, denkt der Friedrich triumphierend, gleichzeitig tut es ihm aber auch schrecklich für das Ehepaar Liguster leid. Dass der Levin sich einfach nur eine Auszeit genommen hat, wird mit dieser Erkenntnis noch ein wenig unwahrscheinlicher. Und als ob auch der Himmel seine Trauer über diese Tatsache zum Ausdruck bringen will, fängt es in diesem Moment nach einem weiteren Blitzschlag samt Donnergrollen an, wie aus Kübeln zu schütten.

Kapitel 8

Als der Friedrich an diesem Abend in seiner urigen Bauernstube sitzt und ein Vinschgerl in die Gulaschsuppe aus der Dose bröckelt, kreisen seine Gedanken unaufhörlich um die Uschi und den Levin. Selbst das Konzert, das der Wolfgang und der Joseph ihm leidenschaftlich geben, kann ihn nicht von dem grauslichen Mord an dem einen und von dem seltsamen Verschwinden des anderen jungen Menschen ablenken.

Natürlich ist dem Friedrich bewusst, dass Sankt Lindenbaum nicht die Insel der Seligen ist, aber so viel Grausliches innerhalb so kurzer Zeit, das lässt nicht mal ihn als harten Knochen kalt. Wobei ja jeder, der den Friedrich kennt, ganz genau weiß, dass er eigentlich gar nicht so hart ist, wie er gerne glaubt.

»Herrschaftszeiten, das gibt's doch nicht, warum will mir der Fall nicht aus dem Kopf gehen«, murrt der Friedrich, der sonst ganz gut abschalten kann, während er aufsteht, um sich ein zweites Bier zu holen.

Er will sich nicht betrinken, aber so ein kleiner Damenspitz, der hat in seinen Augen noch keinem geschadet. Vor allem, wenn's ums Runterkommen und Einschlafen geht. Dass ihm beides heute nicht leichtfallen wird, das steht zum jetzigen Zeitpunkt außer Frage.

»Bravo, Wolfgang, bravo, Joseph, da capo!«, ruft der Herr Fesch, bevor er sich einen weiteren Schöpfer der pikanten Suppe gönnt. Auch wenn er das mit dem Vorkochen meistens sehr ernst nimmt, ab und zu darf's beim Friedrich auch ein Fertigprodukt sein. Vor allem eines, das so gut schmeckt wie dieses.

Eine Gulaschsuppe für eine Person selber kochen, nein, das muss wirklich nicht sein.

Was wohl die Michaela Mörderisch heute Abend zu essen bekommt?, denkt der Friedrich, nach einem zweiten Vinschgerl greifend. So, wie er die Zenzinger Cecilia kennt, fährt die gerade das ganze Programm auf. Grießnockerlsuppe, Bauernschmaus, Sachertorte, so was in der Art halt, oder aber, sie hat beim Fleischhauer im Ort ein paar der himmlischen kalten Platten und köstlichen Brötchen bestellt, die der Friedrich sich nur zu ganz speziellen Anlässen gönnt.

Der Friedrich kaut gerade auf einem Stück Rindfleisch herum, als die Uschi ihm wieder in den Sinn kommt. Das hübsche Gesicht zur Hälfte zu Brei geschlagen, und irgendwie vergeht dem Friedrich der Appetit auf die Suppe, wenn sie auch noch so würzig ist. Er steht auf, holt sich ein großes Blatt Papier und einen Kugelschreiber, ausnahmsweise den schweren von seiner Schwester, den mit seinem Namen drauf, und beginnt alles, was ihm zum Fall Herzigmann einfällt, zu notieren.

Mindmap hat seine Exfrau, eine Studierte, das immer genannt. Für den Friedrich heißt's schlicht und einfach Notizen machen.

Alle, die für den Fall wichtig sind, schreibt er auf den Zettel: die Uschi und ihren Manager, diesen Dave, ihre Familie, also ihre Eltern, die Sophie und den Theo, die Brüder, den Norbert und den Johann (in Klammern Johnny), die Zenzinger Jessy und ihre Mutter, die Tupfinger Martha, weil die ja die Leiche gefunden hat, außerdem die Schönheitswettbewerb-Konkurrentinnen, deren Namen er zum momentanen Zeitpunkt noch nicht kennt, weshalb er ein paar Fragezeichen daneben macht. Nur einen zweiten Namen schreibt der Friedrich fast genauso groß wie das *Uschi* in der Mitte: Levin Liguster. Außer zu den Eltern des Burschen kann er zu ihm aber kaum was notieren. Er muss sich eindeutig noch ein bisserl schlauer darüber machen, was die Leute in Unterlindenbaum, aber auch die Sankt Lindenbaumer, von dem Bürgermeister-Sprössling so halten.

Nachdem der Friedrich die Namen, so weit möglich mit Alter, notiert hat, überlegt er, welches Motiv jede der Personen gehabt haben könnte, der Uschi so brutal den Schädel einzuschlagen. Bei einigen der Namen auf seinem Zettel fällt ihm das ganz leicht, bei manchen, wie den Brüdern oder den Eltern der Ursula, schon um einiges schwerer. Von den klassischen Motiven für einen Mordfall, also enttäuschter Liebe, Eifersucht, Neid, Geldgier, Rache, Angst und Hass sind einige dabei, besonders oft aber die ersten drei.

Je länger er an seiner Mindmap herumbastelt, desto deutlicher wird für den Friedrich, dass er unbedingt ein bisserl in das Model- und Schauspiel-Business hineinschnuppern sollte. Vor allem dieser Dave, der im wirklichen Leben wahrscheinlich ein stinknormaler David Soundso ist, interessiert ihn. Denn, auch wenn Sankt Lindenbaum und Umgebung nicht die Insel der Seligen ist, dass einer von hier der Uschi so was Schreckliches angetan hat, das kann und will der Friedrich sich einfach nicht vorstellen. So einem windigen Manager aus der Großstadt, dem traut er jedoch alles zu.

Als der Friedrich seine Notizen vervollständigt hat, seufzt er zufrieden und macht sich doch noch über den Rest der Gulaschsuppe her. Die ist inzwischen zwar kalt, aber so was erschüttert einen Friedrich Fesch natürlich nicht.

Wenig später schlummert der Herr Inspektor, den beiden Bieren sei's gedankt, den Schlaf der Gerechten und träumt dabei von Schönheitswettbewerben, Castings, Motocross-Rennen, Mountainbikes und stumpfen Gegenständen und natürlich von der Frau Doktor Weißinnger.

*

Wären am nächsten Morgen Spaziergänger am Sankt Lindenbaumer See vorbeiflaniert, sie hätten wahrscheinlich den Fund einer Wasserleiche gemeldet.

Der Friedrich treibt auch wirklich besonders regungslos auf der Seeoberfläche, komplett tiefenentspannt trotz der sechzehn Grad, die das Wasser maximal hat. Ab und zu, vor allem nach Nächten wie der vorangegangenen, gönnt der Herr Fesch sich ein frühmorgendliches Bad im Sankt Lindenbaumer See, um sich abzukühlen, was nicht nur an den hitzigen Frau-Doktor-Weißinnger-Träumen liegt. So ein Bad im kalten Wasser ist wie ein Computer-Restart, das löscht alles Unangenehme und haucht einem neue Lebensgeister ein.

Heute hat dieses Jungbrunnen-Bad einen besonderen Reiz wegen der duftigen schneeweißen Nebelschwaden, die im Wald rund um den See hängen und den Friedrich an Zuckerwatte erinnern. Mystisch ist das Wort, das ihm beim Anblick der Dunstfetzen in den Fichten einfällt. Mystisch wie im Märchen wirkt die Landschaft um ihn herum, und irgendwie löst das beim Polizeiinspektor plötzlich ein kurzes Gruseln aus.

In dem Moment nämlich, als er an den Levin denkt und daran, dass dessen sterbliche Überreste vielleicht gerade irgendwo unter ihm zwischen dem dichten Seegras hängen. Seufzend dreht der Friedrich sich auf den Bauch und taucht wendig wie ein Fisch ans Ufer. Nicht an das, an dem er und die Michi Mörderisch das Mountainbike gefunden haben – das ist nämlich mit rot-weißem Polizeiband abgesperrt –, sondern ans gegenüberliegende.

Sein drahtiger Körper zittert ein wenig, als der Herr Fesch ihn in ein großes Badetuch in wunderschönem Altrosa, einem Erbstück seiner Mutter, einwickelt. Aber genau dieses Zittern, das ist es, worauf er aus ist, wenn er sich in aller Herrgottsfrüh in den See stürzt. Weil er sie dann, wenn er von oben bis unten schlottert, nämlich genau spüren kann, die Lebensgeister, die in ihn hineinfahren. Dass er von diesen heute mehr als genug brauchen wird, das weiß der Friedrich ganz genau.

Der heutige Tag, der wird ein anstrengender, schon alleine, weil er diesem Dave auf den Zahn fühlen muss, und dass das nicht besonders lustig wird, davon geht der Herr Inspektor aus. Selbst wenn der Norbert und die anderen ein bisserl übertrieben haben bei ihren Berichten über den angeblich so windigen Manager. Ein Zuckerschlecken wird das Gespräch mit ihm sicher nicht.

Er denkt gerade darüber nach, dass er ja zum Glück heute die Michi Mörderisch dabeihat, als exakt diese am Seeufer erscheint. In einem pechschwarzen Bikini, der nur das Allernötigste bedeckt. Einem Modell, bei dessen Anblick man als Mann instant einen Asthmaspray braucht, weil einem nämlich so was von die Luft wegbleibt. Der Friedrich muss sich eingestehen, dass dieser Anflug an Atemnot, den er gerade verspürt, nicht nur von dem knappen Kleidungsstück kommt, sondern auch von dem knackigen Körper, der darin steckt. Dass die Mörderisch ein astreines Sixpack hat, damit hätte er wirklich nicht gerechnet.

»Jetzt, schauen S' nicht so, der Bikini g'hört der Jessy, drum ist er obenrum auch ein bisserl zu weit. Ich schwimm' sonst nur in Sportbadeanzügen, aber leider hab' ich keinen nach Sankt Lindenbaum mitgenommen. Wer hätte denn gedacht, dass es in diesem Kaff so einen traumhaften See gibt?«

»Moment, Moment, Frau Kollegin«, der Friedrich straft die Kriminalbeamtin mit einem bitterbösen Blick, »verwenden Sie gefälligst nie wieder den Ausdruck Kaff, wenn Sie vom wunderschönen Sankt Lindenbaum sprechen! Dieser Ort ist eine Perle, der verdient sich das nicht.«

»'Tschuldigung, war nicht so gemeint«, murmelt die Mörderisch, bevor sie mit einem Köpfler in den See taucht. Natürlich, ohne sich zuvor abzukühlen, was anderes hätte der Friedrich auch nie von ihr erwartet. Dass die Inspektorin die Härte in Person ist, das weiß er mittlerweile ja.

»Herrlich«, meint sie, als nach gefühlten zwei Minuten ihr kupferroter Schopf wieder an der Oberfläche erscheint, »und gar nicht so kalt, wie ich gedacht hätte. Wissen Sie, ich bin Wassermann von Sternzeichen, im kühlen Nass, da bin ich voll in meinem Element.« Schneller, als der Herr Fesch schauen kann, taucht sie wieder ab.

So, so, ein Wassermann, wenn das kein Zufall ist. Die Mama vom Friedrich, die war auch ein Wassermann. Der Friedrich findet, dass die junge Inspektorin ihm immer sympathischer wird, auch wenn sie aus der Stadt kommt. Während er seiner Kollegin beim Schwimmen zuschaut, schlüpft er in den kuscheligen grauen Jogginganzug, den er sich vorsichtshalber zum See mitgenommen hat. Lebensgeister hin oder her, eine Lungenentzündung möchte er sich auf dem Heimweg nicht holen.

»Ich muss mir das Abendessen von gestern abtrainieren. Unglaublich, wie gut die Frau Zenzinger kochen kann. Die Leberknödelsuppe war ein Gedicht und erst dieser Schweinsbraten. Ich glaub', ich hab' noch nie so große Knödel gesehen. Als Nachspeise dann noch eine Malakofftorte, himmlisch. Die Frau Zenzinger, die ist übrigens noch zu haben, wissen S' das eh, Herr Fesch? Wäre die nicht was für Sie?«

Der Friedrich findet, dass die Michi Mörderisch ein wenig übers Ziel hinausschießt. Was geht sie denn sein Liebesleben an, und woher weiß sie überhaupt, dass er momentan alleinstehend ist? Dass auch die Cecilia wieder Single und absolut nicht unsauber ist, das stimmt natürlich, aber die Letzte, mit der er über so was reden möchte, ist eine Kriminalbeamtin, die er erst seit Kurzem kennt.

»Zum Kochen brauch' ich keine Frau, das krieg' ich selbst auch ganz gut hin. Kommen S' jetzt dann endlich raus, damit wir besprech…«

Weiter schafft es der Friedrich nicht, weil sein Blick in diesem Moment an dem Holzsteg ganz in seiner Nähe hängen bleibt. Was er dort sieht, jagt ihm zum zweiten Mal an diesem Tag die Gänsehaut über den Körper. Nur, dass es sich dieses Mal weit weniger belebend anfühlt.

*

»Wie haben die Kollegen von der Spurensicherung den nur übersehen können?«

Die Mörderisch, das altrosa Badetuch des Herrn Fesch um die Hüften, schüttelt verständnislos den Kopf.

»Na ja, sie haben wahrscheinlich nur den Seeabschnitt genauer unter die Lupe genommen, in dem wir das Mountainbike gefunden haben. Das können Sie ihnen wirklich nicht zum Vorwurf machen. Blöd nur, dass ich mein Handy nicht dabeihab' … jetzt tun S' nicht so überrascht, ja, sogar ich hab' ich ein Handy, ist halt kein so ein Smartdings, aber zum Telefonieren reicht's allemal. Ich hab's, aber ich brauch's nicht ganz so oft wie die meisten anderen Leut'. Sie haben Ihres auch nicht mit, oder?«

»Nein, das ist leider im anderen Bikini, sorry«, antwortet die Mörderisch sarkastisch, dann setzt sie nach: »Nicht einmal ein Paar Gummihandschuhe hab' ich bei der Hand. Greifen S' den Sneaker ja nicht ohne an!«

Dem Friedrich ist deutlich anzusehen, dass er eingeschnappt ist, als er erwidert: »Na, hören Sie mal, ich bin doch kein Anfänger! Was das Thema Tatortkontamination angeht, weiß ich ganz genau, wie der Hase läuft. Am besten, Sie gehen zurück zum Zenzinger-Haus und holen ihr Handy, ich wart' so lange hier und passe auf, dass keiner dem Treter zu nahe kommt.«

Die Kriminalbeamtin nickt, dann flüstert sie: »Glauben Sie, das ist einer der Turnschuhe, die der abgängige Levin Liguster getragen hat, als er am Dienstagabend auf seinem Mountainbike von zu Hause weggefahren ist?«

Ein drückendes Gefühl macht sich im Magen des Herrn Fesch breit. Er weiß zwar, dass das auch der Hunger sein könnte – so ein frühmorgendliches Bad im eiskalten See kurbelt den Stoffwechsel nämlich ganz schön an –, tippt aber dennoch auf die für ihn typischen Intuitionsschmerzen. Kurz gesagt: »Mein Bauch meint eindeutig Ja. Schon alleine, weil der Schuh farblich 1a zum Mountainbike passt. Was ich mich allerdings frage, ist, ob auch das Blut auf dem Sportschuh von unserem Vermissten stammt …«

»… oder aber, ob es sich nicht vielleicht um Ursula Herzigmanns Blut handelt«, ergänzt die Mörderisch, die mittlerweile ein bisserl blau im Gesicht ist. Das bemerkt nun auch ihr Sankt Lindenbaumer Kollege.

»Himmelherrschaftszeiten, Sie spielen ja schon alle Farben! Wenn Sie sich nicht beeilen, holen Sie sich noch eine Nierenbeckenentzündung oder sogar weit Schlimmeres. Abmarsch mit Ihnen zum Zenzinger-Haus – ziehen Sie sich was Warmes an und vergessen Sie nicht auf Ihr Smartdings und das Absperrband!«

»Ja, Papa«, entfährt es der schmunzelnden Mörderisch.

Diesen Kommentar übergeht der Friedrich, obwohl er sich eingestehen muss, dass er gegen eine Tochter im Format der Michaela Mörderisch nichts einzuwenden hätte. Als die Kriminalinspektorin schon fast außer Sichtweite ist, schreit er ihr, einem Geistesblitz folgend, noch nach: »Und fragen S' die Cecilia, ob sie Ihnen eine Thermoskanne voll Tee und ein bisserl was zum Beißen mitgeben kann! Wer weiß, wie lange wir auf die Kollegen der Spurensicherung warten müssen!«

*

»Wissen S', was ich mich frag'? Wenn sowohl die Uschi als auch der Levin Opfer ein und desselben Mörders geworden sind, warum hat dieser dann die Ursula ganz offensichtlich auf dem Bankerl neben dem Marterl platziert, quasi so, dass die Tupfinger Martha beim Nordic Walking über sie drüberstolpern musste, den Bürgermeister-Spross aber verschwinden lassen?«

Der Friedrich schiebt sich den Rest des mit Wurst und Gurkerln belegten Käsestangerls, das die Cecilia sicher extra für ihn hergerichtet hat, in den Mund und schaut die Michi Mörderisch dann gespannt an. Die zuckt mit den Schultern.

»Keine Ahnung. Vielleicht, weil der Mord an der Ursula Herzigmann lange geplant war, eine Message beinhaltet, der Levin Liguster aber nur ein Kollateralschaden war? Unser Täter, oder die Täterin, hat möglicherweise zum Fräulein Herzigmann eine besondere Beziehung gehabt, der junge Herr Liguster ist ihr oder ihm im Gegensatz dazu aber wahrscheinlich herzlich wurscht gewesen ... Wollen S' noch ein Kässtangerl? Einen Kornspitz und ein Semmerl hätte ich auch anzubieten. Ich muss schon sagen, die Cecilia Zenzinger schlägt mit ihrem Service jeden All-inclusive-Ferienklub.«

Kopfschüttelnd überlegt der Friedrich einen Moment, bevor er antwortet.

»Oder aber, der Levin ist doch die Person, die wir suchen, also nicht nur, weil er abgängig ist, sondern derjenige halt, der der Uschi das angetan hat. Wobei ich es dann schon seltsam finde, dass er bei seiner Flucht das Mountainbike an einem Seeufer zurückgelassen hat und wir am gegenüberliegenden, unter dem Holzsteg verborgen, seinen Turnschuh finden. Einen, wie's aussieht, trockenen Schuh voller Blutflecken. Vom See aus angeschwemmt wurde der also mit Sicherheit nicht, und der Steg hat ihn, zu unserem Glück, auch vor dem starken Regenguss gestern Abend bewahrt.«

»Sie vergessen, dass es da noch eine Möglichkeit gibt, Herr Kollege. Was, wenn der Schuh erst letzte Nacht oder heute Morgen an dieser Stelle versteckt wurde? Das würde auch erklären, warum die Blutspuren das kräftige Gewitter derart unbeschadet überstanden haben. Ob der Steg alleine wirklich so viel Schutz bietet, vor allem, wenn's aus Kübeln schüttet?« Die Mörderisch wickelt ein üppig belegtes Semmerl aus der Alufolie, die dieses umgibt. Anscheinend gehört sie nicht zu der Sorte Frau, die sich überwiegend von Salat, Obst und Vollkornprodukten ernährt, was der Friedrich recht sympathisch findet. Seine Ex, die hat ihn mit ihrem übertriebenen Gesundheits- und Schlankheitswahn phasenweise in die Verzweiflung getrieben. Er selbst lebt streng nach dem Motto: Die Dosis macht das Gift. Von allem ein wenig, nix übertreiben und sich in nix hineinsteigern, das findet der Friedrich am vernünftigsten.

»Sie wollen damit aber nicht wirklich sagen, dass uns irgendjemand mit diesem Turnschuh bewusst auf die falsche Fährte locken will? Wer macht denn so was?«

»Ein gewiefter Mörder vielleicht?«, entgegnet die Kriminalbeamtin wie aus der Pistole geschossen. »Sie haben ja keine Ahnung, mit welchen Kalibern ich es in meiner beruflichen Laufbahn schon zu tun gehabt habe. Dieser Sneaker, der kommt mir vor wie ein Köder, den jemand extra für uns an dieser Stelle ausgeworfen hat, und wer auch immer dieser jemand ist, er oder sie wartet momentan gespannt darauf, ob wir ihm oder ihr damit an die Angel gehen … Das würde übrigens auch erklären, warum die Spurensicherer den Schuh gestern nicht gefunden haben. Weil er einfach noch nicht da war.«

Der Friedrich rückt seine Nickelbrille zurecht und sagt dann: »Wissen Sie was, Frau Kollegin, warten wir doch einmal ab, ob der Sportschuh überhaupt unserem Vermissten gehört und von wem die Blutspuren darauf stammen. Bevor wir das nicht wissen, machen diese ganzen Spekulationen nämlich überhaupt keinen Sinn.«

»Genau, ist ja auch gut möglich, dass ein verletzter Sankt Lindenbaumer Hobbysportler einen seiner blutigen Turnschuhe unter dem Holzsteg zurückgelassen hat. Einfach so der Bequemlichkeit halber. Das passiert hier sicher tagtäglich«, kann die Mörderisch sich dieses Mal einen spitzen Kommentar nicht verkneifen.

KAPITEL 9

Ein paar Stunden später – die Mörderisch hat mittlerweile den einzigen, wenn auch in ihren Augen hoffnungslos antiquierten Computer der Polizeidienststelle Sankt Lindenbaum in Beschlag genommen, um online zu recherchieren – ist der Friedrich erneut auf dem Weg zum Herzigmann-Hof. Seit ihre Uschi so brutal aus dem Leben gerissen wurde, hat er weder mit der Sophie noch mit dem Theo gesprochen.

Erleichtert registriert der Inspektor, dass die unheimliche Stille, die ihn bei seinem letzten Besuch am Hof empfangen hat, der alltäglichen landwirtschaftlichen Geräuschkulisse gewichen ist, nur Sophies Gesang ist noch nicht wiedergekehrt. Kein Wunder, es wird Jahre dauern, bis sie den Verlust ihrer einzigen Tochter überwunden hat, wenn es überhaupt je so weit kommen sollte.

Einige Hendln suchen das Weite, als der Friedrich seine Vespa neben dem Traktor parkt, auf den der Theo so stolz ist. Dem neuen, der die Familie ein kleines Vermögen gekostet hat. Trauer übermannt den Friedrich, als er an den fröhlichen Landwirt denkt, der sonst immer einen Scherz auf den Lippen hat, der bei jedem Dorffest für die meisten Lacher sorgt, der außerdem einer der besten Fischer im Ort ist. Beim Angeln, da findet er seinen Frieden vielleicht auch in Zukunft, denkt der Friedrich, aber als Stimmungskanone wird der Theo wahrscheinlich ausgedient haben.

»Grüß Gott, Herr Inspektor, wollen S' heut' zu den Eltern?«, begrüßt Norbert den Polizeibeamten. Der stellt fest, dass sein

Gegenüber in den letzten Stunden um Jahre gealtert ist. Bedrohlich dunkle Augenringe stechen aus dem fahlen Gesicht heraus, von der jugendlichen Kraft, die Norbert sonst ausstrahlt, ist nichts mehr zu spüren. Wenn es schon ihm, als Bruder der Toten, so mies geht, wie schlimm muss es dann erst um die Sophie und den Theo stehen?

»Eigentlich schon, ja«, tastet der Friedrich sich vorsichtig heran, »vorausgesetzt, sie packen das. Was meinst du, Norbert?«

Der junge Mann zuckt mit den Schultern. Ihm ist anzusehen, dass er mit der Beantwortung dieser Frage überfordert ist. Und nicht nur damit.

»Keine Ahnung, ob sie das packen, Herr Inspektor. Die zwei sind nicht mehr sie selbst, seit sie das mit der Uschi erfahren haben. Am Anfang hab' ich geglaubt, dass das nur an den Beruhigungsmitteln liegt, die ihnen die Frau Doktor Weißinnger gespritzt hat …«

Der Friedrich ertappt sich dabei, wie er begehrlich an die Ärztin denkt, wischt den Gedanken jedoch rasch wieder weg.

»… aber mittlerweile mach ich mir Sorgen, dass die Mutter und der Vater nie mehr so werden wie früher. Sie sind wie Zombies, wie wandelnde Leichen, und ich, ich muss die Stellung halten. Für mich ist das grad' auch nicht leicht, können S' mir glauben. Ich schupf' den Laden hier im Moment ganz alleine, vom Johann ist ja keine Hilfe zu erwarten, und die Uschi vermiss' ich auch sakrisch. Wissen S', das klingt jetzt vielleicht blöd, aber mir war gar nicht bewusst, wie wichtig mir meine kleine Schwester gewesen ist. Wie die Leut' immer sagen: Du weißt eine Sache erst dann richtig zu schätzen, wenn sie plötzlich nicht mehr da ist.« Ein gespenstisches Schluchzen entfährt dem Jungbauern. »Echt, ich hab' keinen blassen Schimmer, wie lang' ich das noch allein' auf die Reihe krieg'.«

Der Friedrich fühlt sich hilflos, als dem Norbert auf einmal Tränen über die Wangen rinnen. Und als er kurz darauf von

Weinkrämpfen gebeutelt auf dem Boden kauert, hat der Polizeiinspektor keine Ahnung, was er tun soll. Das mit dem Trösten, das hat er nämlich von jeher nicht so recht drauf. Jetzt bereut er zutiefst, dass er nicht doch die Michi Mörderisch überredet hat, mit ihm zu kommen, die wüsste vielleicht, wie man sich in so einer Situation sensibel verhält. Aber der Friedrich und gelebte Sensibilität, das funktioniert leider nur ganz selten zusammen. Also tut er das Einzige, was ihm in diesem Augenblick vernünftig erscheint, er ruft die Frau Doktor Weißinnger an, die auch gleich verspricht vorbeizuschauen, um sich um den Norbert zu kümmern.

»Komm, Norbert, wir gehen einstweilen rein, die Arbeit rennt dir schon nicht davon. Ich mach' dir einen Tee oder einen Kaffee, und dann warten wir gemeinsam auf die Frau Doktor«, meint der Friedrich nun doch überraschend einfühlsam, während er den jungen Mann unter den Achseln packt, um ihm aufzuhelfen. Den beutelt es zwar immer noch, trotzdem lässt er sich vom Herrn Fesch ins Haus manövrieren.

»Wo sind denn eigentlich die Mutter und der Vater?«, fragt der Polizeibeamte zögerlich.

»Im Bett«, schluchzt der Jungbauer, »die zwei liegen nur noch im Bett herum. Ich sag' ja, dass sie nicht sie selbst sind.«

Der Friedrich schminkt sich die Befragung der Eltern der Toten ab und denkt, dass er mit der Frau Doktor später unbedingt über das Kriseninterventions-Team sprechen muss, das in diesem Fall anscheinend besonders dringend benötigt wird. Dann versucht er, den Norbert gedanklich in eine andere Richtung zu lenken: »Was ist denn mit dem Johnny? Warum kann er dir nicht ein bisserl unter die Arme greifen?«

»Der Johnny, wenn ich das schon hör'! Johann heißt er, mein kleiner Bruder, und er kann mir leider nicht helfen, weil er selbst komplett mit den Nerven am Ende ist. Fragen S' die Jessy, bei der hat er sich einquartiert, seit die Eltern so schlecht beinand' sind. Der Einzige, der mir noch eine Hilfe sein könnte, wär' vielleicht der Günther, mein Cousin, aber der ist bei irgendeinem Biker-Treffen im Ausland, auf alle Fälle erreiche ich ihn nicht. Ich muss das allein' hinkriegen, ob ich will oder nicht.«

Jetzt wird der Friedrich sauer. »Ja, Himmelherrschaftszeiten, Norbert, so ein Blödsinn, gar nix musst du allein' hinkriegen! Bei uns in Sankt Lindenbaum funktioniert das mit der Nachbarschaftshilfe und dem Zusammenhalt in der Bevölkerung nämlich noch richtig gut, man muss sich nur helfen lassen! Hast du irgendjemandem gesagt, dass du Unterstützung brauchst?«

Ein stummes Kopfschütteln ist die Antwort des Jungbauern.

»Eben, solange du so tust, als ob du das alles eh schupfen könntest, wird dir auch keiner helfen, Norbert. Wir rufen jetzt den Herrn Bürgermeister an, und der soll sich darum kümmern, dass dir jemand bei der Arbeit hier unter die Arme greift, und der Jessy geben wir Bescheid, dass ihr dringend mit Essen versorgt werden müsst. So, wie du ausschaust, hast du nämlich schon viel zu lange nichts Ordentliches mehr zwischen die Zähne bekommen, und ich kann mir vorstellen, dass es deinen Eltern nicht anders geht.«

Wieder schüttelt der Norbert den Kopf. »Ich glaub', die haben seit dem Mord an der Uschi gar nix mehr gegessen. Meinen S', das ist der Mutter nicht peinlich, wenn die Leut' erfahren, dass sie im Moment nur im Bett herumliegt? Sie ist doch sonst immer so stolz darauf, dass sie alles so gut im Griff hat.«

Der Friedrich legt dem Norbert den Arm um die Schulter – anscheinend ist er doch keine Niete, was das Trösten angeht – und sagt: »Also, dass eines klar ist, Norbert, peinlich ist in so einer Situation absolut überhaupt nichts. Wir Sankt Lindenbaumer halten zusammen, wenn's einem von uns schlecht geht, und jetzt geht's halt, leider Gottes, gerade euch schlecht. Weißt du was, wir zwei machen einen Deal: Du lässt dir ab sofort helfen, und ich verspreche dafür, dass ich alles tu', um denjenigen zu finden, der deiner Schwester und euch das angetan hat, in Ordnung?«

Norbert hebt den Kopf und schaut den Friedrich eindringlich aus seinen tränenverquollenen Augen an. »In Ordnung ... Bitte, finden Sie das Monster, das unser Leben zerstört hat, Herr Inspektor.«

*

»Also, wenn ich Titus David Pluzer heißen würd', dann würd' ich mich auch Dave nennen, noch dazu als Manager eines zukünftigen Supermodels.«

Die Mörderisch macht ein paar schnelle Bewegungen mit der Computermaus, und schon rattert ein Ausdruck aus dem nicht mehr ganz taufrischen Drucker der Polizeidienststelle Sankt Lindenbaum. Der Friedrich ist beeindruckt, was die junge Kriminalbeamtin auch technisch draufhat. Er und der Computer, das ist eine ziemlich belastete Beziehung. Aber weil man ja heutzutage gar keine Möglichkeit mehr hat, sich gegen das moderne Zeugs zu wehren, kämpft der Herr Fesch sich halt auch computertechnisch durch. Allerdings nicht, ohne sich immer wieder die guten alten Zeiten herbeizuwünschen, als eine Schreibmaschine und ein Blatt Papier alles waren, was man brauchte, um einen einwandfreien Bericht zu tippen. Gut, das mit dem Recherchieren war vielleicht ein bisserl aufwändiger, aber das ist auch der einzige Nachteil, der dem Friedrich zum Thema Schreibmaschine einfällt.

Ein Seufzer entfährt dem Inspektor, als er daran denkt, dass damals das Wort *Internetkriminalität* noch gar nicht existiert hat. Die erhöht seinen Arbeitsaufwand nämlich seit Jahren kontinuierlich, und was das angeht, versteht der Friedrich keinen Spaß. Alles, was ihn vom Fischen, Singen und Backen abhält, nervt ihn grundsätzlich. Ein echtes Verbrechen, das hat in seinen Augen natürlich immer Vorrang, aber diese dummen Situationen, in die so manche Sankt Lindenbaumer sich gerne bringen, weil sie alles anklicken, was ihnen am Bildschirm entgegenspringt, die kosten den Friedrich nur wertvolle Lebenszeit. So was fällt in seinen Augen eher in den Bereich SSKM – also *selbst schuld, kein Mitleid* –, trotzdem muss er sich natürlich auch darum kümmern.

»Sind Sie noch bei mir, Herr Fesch, also nicht nur körperlich, mein' ich?«, reißt die Michi Mörderisch den Polizeibeamten aus seinen Gedanken.

»Ja, ja sicher«, antwortet er rasch. »Titus David Pluzer, ein wirklich sehr eigenwilliger Name. Wir sind also nicht die Einzigen, die, was das angeht, ihren Rucksack zu tragen haben. Was haben Sie denn noch über Herrn Pluzer herausgefunden?«

Die Mörderisch greift nach den Computerausdrucken, legt sie vor dem Friedrich auf den Tisch und erklärt: »Titus David Pluzer ist sechsunddreißig Jahre alt, gebürtiger Wiener, lebt aber seit ein paar Jahren in der Nähe Ihres wunderschönen Örtchens. Er hat in Wien maturiert, danach einige Studien angefangen und wieder abgebrochen, also keine abgeschlossene berufliche Ausbildung. Wie er zum Manager geworden ist, hab' ich nicht herausgefunden, er hat aber eine ziemlich beeindruckende Homepage, auf der er seine Dienste anbietet. Fesch ist er übrigens wirklich, aber das sehen Sie ja selbst.«

Bildet der Friedrich sich das nur ein, oder lächelt die Mörderisch ein bisserl fies, als sie auf das Foto von Titus David Pluzer deutet und dann den Inspektor mustert? Gut, der Herr Pluzer ist tatsächlich ein Feschak, wie er im Buche steht: braune zurückgegelte Locken, große blaue Augen, markante wohlgeformte Nase, Dreitagebart, dazu ein Adoniskörper vom Feinsten. Dass der den Frauen gefällt, kann sogar der Friedrich sich nur allzu gut vorstellen. Einen Moment lang spürt er so was wie Eifersucht in sich aufkeimen, aber die verfliegt schnell wieder. Gutes Aussehen ist ja schließlich nicht alles, auf die inneren Werte kommt es an. Trotzdem findet der Friedrich es ein wenig gemein, dass die Natur den einen mit solchen Vorzügen segnet, während andere so ausschauen wie er selbst.

»Was halten Sie davon, dem Herrn Pluzer einen kleinen Besuch abzustatten? Mich würde schwer interessieren, was er uns über seine Beziehung zur Ursula Herzigmann erzählen kann. Ob er schon weiß, dass man sie ermordet hat?«

Kurz kommt dem Herrn Fesch der Gedanke, dass seine junge Kollegin den Manager auch wegen seines guten Aussehens persönlich befragen möchte.

»Davon geh' ich aus. Wenn er nicht sogar vor Ort war, als die Uschi so brutal gemeuchelt worden ist«, antwortet er schließlich. »Ich nehm' an, Sie wollen fahren?«

Ein Grinsen huscht über das hübsche Gesicht der Michi Mörderisch. »Aber sicher will ich fahren. Oder haben S' Angst vor einer weiteren Autofahrt mit mir?«

»Aber gehen S', ich und Angst, wo denken S' denn hin?«, erwidert der Friedrich mit einem erzwungenen Lächeln. »Mir kann's heut' gar nicht wild genug sein.«

»Einmal wild, kommt sofort«, entgegnet die Mörderisch, während sie nach ihrem Autoschlüssel greift, was der Friedrich mit einem noch erzwungeneren Schmunzeln quittiert.

Kapitel 10

Weit kommen die Mörderisch und der Fesch allerdings nicht, streng genommen nicht einmal bis zum Auto der Kriminalbeamtin, weil sich nämlich gleich am Eingang des Polizeipostens die Martha Tupfinger vor ihnen aufbaut. Sie trägt heute eine knallenge beige Hose, die ihre Hüften besonders schön zur Geltung bringt, kombiniert mit einer getupften rosa Bluse.

Noch bevor der Friedrich oder seine Kollegin aus der Stadt etwas sagen können, legt sie schon los: »Frau Kriminalkommissarin, ich muss unbedingt mit Ihnen reden. Ich hab' da nämlich was g'hört, also, das sollten S' unbedingt auch wissen.«

Der Friedrich verdreht die Augen. Wenn die Martha »was g'hört hat«, ist das immer ein bisserl gefährlich und vor allem auch ganz schön schwer einzuschätzen. Es kann also sein, dass ihre *Informationen* über irgendetwas oder irgendjemanden knapp an der Verleumdung vorbeischrammen, es ist aber tatsächlich ab und zu der Fall, dass sich dahinter zumindest ein winzig kleiner Funken Wahrheit verbirgt. Wie man's auch dreht und wendet, es gibt auf alle Fälle verlässlichere Informationsquellen als die Martha Tupfinger.

Professionell, wie sie ist, hat das natürlich auch schon die Michi Mörderisch übernasert, dennoch tut sie so, als gäbe es für sie nichts Spannenderes als dieses Gespräch mit der Sankt Lindenbaumer Dorfgatschn.

Zuckersüß lächelnd erwidert sie: »Frau Tupfinger, schön, Sie zu sehen, das ist aber lieb, dass Sie sich die Zeit nehmen, zu mir zu kommen, um mich mit Informationen zu versorgen.

Informantinnen wie Sie sind in Ermittlungen wie diesen Gold wert.«

Die Martha rennt rot an, man merkt genau, dass sie sich geschmeichelt fühlt. Eine Informantin hat sie bis jetzt wahrscheinlich noch niemand genannt.

Sie zupft an den überdimensionalen schweinchenrosa-altrosa getupften Rüschen ihrer Bluse, dort, wo diese den gigantischen Busen verdeckt, und meint schließlich: »Mei, das is' doch meine Pflicht als aufrechte Bürgerin unseres Landes, meinen S' nicht, also, wenn ich was weiß, dann muss ich's Ihnen ja praktisch gleich erzählen. Also, es schaut so aus, der Thorsten, mein Sohn, der brave Bub, hat mir da was berichtet, da stellt's Ihnen die Haar' auf, wenn S' das hören. Mich hat's ja nicht überrascht, ich hab' ja schon immer g'wusst, dass die Herzigmann Uschi ein Flitscherl g'wesen ist, aber der Thorsten, der ist ein ganz ein Anständiger, also, Sie können sich gar nicht vorstellen, wie fertig der war, als er das herausg'funden hat. Weil's ihm halt so schöne Augen g'macht hat, die Uschi, richtig becirct hat's ihn, dieses Lu…«

»Na, na, na, versündig' dich nicht, Martha, über Tote soll man nicht schlecht reden, gell!«

Friedrich hat das Gefühl, die Ehre der Uschi verteidigen zu müssen. Er kennt den Thorsten, und er weiß, wie die Uschi war. Wenn er also eines mit Sicherheit ausschließen kann, dann, dass die Uschi dem Tupfinger-Spross schöne Augen gemacht hat.

Die Martha quittiert den polizeilichen Kommentar mit einem giftigen Blick und fährt dann, der Michi Mörderisch zugewandt, fort: »Also, wo war' ich, ja genau, der Thorsten, der hat da einen Freund, ein ganz wichtiger mittelalterlicher Herr aus Unterlindenbaum, den Namen mag ich nicht sagen, weil ich will ja niemanden ans Messer liefern, vielleicht hätt' der das meinem Buben gar nicht erzählen dürfen …«

Welch' noble Zurückhaltung, denkt der Friedrich sich, während er seinen Schnauzer zwirbelt.

»... also, dieser prominente Unterlindenbaumer ...«

Was ja an sich schon ein Widerspruch in sich ist, schießt es dem Herrn Fesch durch den Kopf.

»... also, dieser feine Herr, der hat einen Freund, der in der Jury von dem Schönheitswettbewerb ist, an dem die Uschi teilnehmen wollt'. Also, dieser Freund, der, der in der Jury sitzt ...«

Der Friedrich kann sich nicht mehr zurückhalten, beim besten Willen nicht einmal ein bisserl. Er rückt seine Nickelbrille zurecht und sagt scharf: »Jetzt komm' endlich zum Punkt, Martha, wir haben ja nicht ewig Zeit!«

Wieder schaut die Tupfinger Martha ganz giftig drein, bevor sie, wie der Friedrich es wollte, zum Punkt kommt: »Na gut, wenn ihr's so eilig habt, dann halt die Kurzfassung: Die Uschi, die hat versucht, diesen Freund von dem prominenten Unterlindenbaumer zu verführen, damit's bessere Chancen bei der Wahl hat, so schaut's aus.«

Beifallheischend blickt die Martha von der Mörderisch Michi zum Friedrich und dann wieder zurück zur Kriminalbeamtin. Sogar die tut sich nun schwer damit, Interesse und Begeisterung vorzutäuschen.

»Und wieso ist das Ihrer Meinung nach für unsere Ermittlungen wichtig?«, fragt sie trocken.

Die Martha zupft wieder an ihrer Bluse herum, vielleicht, weil die mindestens eine Nummer zu klein geraten ist.

»Na ja, das könnt' doch ein Mordmotiv sein, meinen S' nicht, Frau Kommissarin? Also, weil das halt Betrug ist, wenn man so was macht, um einen Titel zu ergattern. Es sollt ja schließlich die Beste g'winnen und, ganz ehrlich, wenn S' mich fragen, ich kann mir nicht vorstellen, dass bei dieser Wahl keine dabei is', die schöner als die Uschi is'. Mei, sie war ja nicht schiarch, die Ursula, aber die Schönste von allen? Phhh ... nie im Leben!«

Die Martha macht eine kleine Pause, während der sie kunstvoll genervt die Augen verdreht, dann fährt sie fort: »Wer weiß, könnt' ja sein, dass die Uschi nicht nur einem Jurymitglied solche Avancen gemacht hat, sondern allen, zumindest den männlichen, und dann ist irgendeiner von denen ausgerastet oder eifersüchtig g'worden. Oder die ander'n Mädel haben was davon mitgekriegt und wollten sich an der Uschi rächen, das wär' doch auch möglich, denken S' nicht?«

Auch wenn der Friedrich grundsätzlich nicht so viel von Martha-Tupfinger-Informationen hält, muss er zugeben, dass da was dran sein könnte. Allerdings kann er sich nicht vorstellen, dass die Uschi so was wirklich gemacht hätte. Die Uschi, die war ein ehrliches, grundanständiges Mädel, die hätte so einen Wettkampf, wenn, dann nur fair gewinnen wollen, da ist er sich sicher.

Außerdem glaubt er auch nicht, dass irgendjemand in der Jury so eines Wettbewerbs sich auf so was einlassen würde. Aber ein hartnäckiges ungustiöses Gerücht, das von den richtigen Personen immer wieder angefeuert und am Köcheln gehalten wird, das reicht für eine Kurzschlusshandlung möglicherweise schon aus.

»Danke für Ihren Tipp, Frau Tupfinger, wir werden uns darum kümmern«, ist alles, was die Mörderisch antwortet.

Die Enttäuschung über diese knappe, unspektakuläre Reaktion steht der Martha augenblicklich ins Gesicht geschrieben.

Was hätte sie erwartet? Dass wir ihr einen Orden verleihen oder sie zu unserer Hilfsinspektorin machen?, denkt der Friedrich zynisch.

Um die Dorfgatschn ein wenig zu besänftigen, ergänzt die Kriminalbeamtin noch: »Es wär' gut, wenn Sie in der nächsten Zeit für uns erreichbar wären, falls wir Genaueres in dieser Sache wissen müssen, Frau Tupfinger.«

Das genügt der Martha schon. Ein Strahlen huscht über ihr rundes Gesicht, als sie heftig nickend entgegnet: »Aber sicher,

Frau Kommissarin, der Friedrich, der hat meine Handynummer eh.«

Nun ist es der Herr Fesch, der rot anläuft. Dass er die Handynummer von der Tupfinger Martha hat, das hätte die Michi Mörderisch nicht unbedingt wissen müssen.

*

»Glauben Sie, dass da was dran ist?«, fragt die Mörderisch plötzlich, während sie sich mit Schwung in eine der vielen Sankt Lindenbaumer Kurven schmeißt.

»Woran?« Der Friedrich überlegt, ob es sehr unmännlich ist, wenn er sich erneut an dem Griff über dem Beifahrersitz festkrallt, beschließt dann aber, dass Image nicht alles ist.

»Na, an den Gerüchten, die der Frau Tupfinger zu Ohren gekommen sind. Können Sie sich vorstellen, dass die Ursula Herzigmann ihre weiblichen Reize auf unanständige Art und Weise eingesetzt hat, um diesen Schönheitswettbewerb zu gewinnen?«, antwortet die Kriminalbeamtin schmunzelnd.

Anscheinend macht es ihr Spaß, den Friedrich mit ihrer Fahrweise in Angst und Schrecken zu versetzen, ganz nach dem Motto *Frau am Steuer, Ungeheuer*.

Nachdem der Herr Fesch keine Paradeiser auf den Augen hat und das fiese Lächeln seiner Kollegin deutlich wahrnimmt, lässt er den Griff augenblicklich los und beginnt stattdessen, intensiv seinen Schnurrbart zu zwirbeln. Das beruhigt ihn ungemein.

»Nein, das kann ich mir beim besten Willen nicht vorstellen. Mag sein, dass ich nicht ganz unvoreingenommen bin, was die Uschi angeht, aber so eine war sie mit Sicherheit nicht. Ein Verhalten, wie es die Martha angedeutet hat, wäre der Uschi zutiefst zuwider gewesen. Ich hab' die Herzigmann Ursula als anständiges, freundliches, fleißiges, hilfsbereites, höfliches junges Mädel kennengelernt, als eine Person, der Moral und Werte wichtig waren. Sie war schon als Kind ein absoluter Sonnenschein und hat ihren Eltern auch während der Pubertät nie Schwierigkeiten gemacht, soweit ich das beurteilen kann.«

»Stille Wasser sind tief«, ist alles, was die Mörderisch dazu zu sagen hat.

»Sie meinen, dass die Uschi in Wirklichkeit ganz anders war, als sie sich uns Sankt Lindenbaumern präsentiert hat? Dass sie ein Mensch mit zwei Gesichtern war?« Die Skepsis ist dem Friedrich deutlich anzuhören.

»Na ja, Sie tragen ja zu Hause auch heimlich Heavy-Metal-Band-T-Shirts, ich denke nicht, dass das irgendjemand von Ihnen erwarten würde«, kontert die Kriminalbeamtin keck.

Das geht dem Friedrich zu weit: »Na, hören Sie mal, zwischen dem Tragen von Heavy-Metal-Band-Leiberln und dem berechnenden Verführen eines Jurymitglieds liegen doch Welten! Dieser Vergleich hinkt gewaltig, meine Liebe.«

»Ich wusste gar nicht, dass ich Ihre Liebe bin«, legt die Michi Mörderisch noch nach und tritt das Gaspedal bis zum Anschlag durch, »dabei haben Sie ja eh schon die Handynummer von der Tupfinger Martha, Sie Schlawiner.«

Nervös rückt der Friedrich seine Brille zurecht – jetzt übertreibt sie es gerade wieder ein wenig mit ihrer vorlauten Art, die Kriminalbeamtin, findet er. Trotzdem stellt er erneut fest, dass ihn das auch irgendwie beeindruckt. So viel Mumm, Selbstbewusstsein und Hang zur Frechheit hat er bei einer Frau noch selten erlebt.

»Bitte, hören S' mir mit der Martha auf! Wir zwei haben unsere ganz eigene Geschichte – nicht so, wie Sie jetzt vielleicht denken, aber dennoch alles andere als einfach. Die Martha war früher, in der Schule, über beide Ohren in mich verknallt, und nachdem ich sie nie erhört habe, hat sich diese Liebe in eine ziemlich starke Antipathie umgewandelt. Außerdem ist sie verheiratet, hat also ihren Deckel längst gefunden«, erklärt der Inspektor, dann schickt er ein geflüstertes »der arme Mann kann einem leidtun« nach.

»Deckel hin oder her, wahrscheinlich verzehrt sie sich insgeheim immer noch nach Ihnen, Herr Fesch, dem Schwarm ihrer Jugend«, entgegnet die Mörderisch augenzwinkernd.

»Gehen S', wissen S' was, haben S' mich doch einfach gern.« Alles muss er sich von der jungen Kollegin ja wirklich nicht gefallen lassen, Kriminalbeamtin hin oder her.

Die grinst übers ganze Gesicht, als sie antwortet: »Mit dem größten Vergnügen, Herr Kollege.«

Dann nimmt sie äußerst rasant die nächste Kurve und dem Friedrich wird ein bisserl schlecht.

Kapitel 11

In natura ist Titus David Pluzer alias Dave noch um einiges beeindruckender als auf seiner Homepage. Das sieht man sogar der sonst so coolen Mörderisch an, was beim Friedrich wiederum ein leichtes Eifersuchtsgefühl auslöst. Nicht, dass er gerne hätte, dass die Kriminalbeamtin ihn so anschaut wie den Herrn Pluzer gerade, aber einmal, nur einmal im Leben würde er auch gerne so eine Reaktion bei ihm wildfremden Frauen auslösen. Schnell fängt seine Kollegin sich wieder, und auch der Inspektor findet zurück zu seiner professionellen Neutralität und Objektivität. Der Herr Pluzer kann ja schließlich nichts dafür, dass der liebe Gott oder die guten Gene oder auch beides gemeinsam ihn zu einer beinahe kitschigen Erscheinung gemacht haben.

»Guten Tag, kann ich Ihnen helfen?«, begrüßt er die Mörderisch und den Fesch freundlich, ganz anders, als der Friedrich es eigentlich erwartet hätte.

Sein Bild des aalglatten, schmierigen, windigen Managers beginnt zu wanken. Warum nur hat der Norbert ihn so beschrieben? Ist er am Ende möglicherweise ebenfalls ein wenig neidisch auf dieses optisch makellose Mannsbild? Und die Jessy, verkraftet die es eventuell nicht, dass der Herr Pluzer nicht an ihr interessiert ist, sondern nur Augen für ihre schöne Freundin hatte? Oder aber ist der Adonis, der sich gerade so sympathisch präsentiert, einfach ein guter Schauspieler? Jemand mit zwei Gesichtern, wie es unter Umständen auch die Uschi selbst gewesen sein könnte?

»Kriminalpolizei. Mein Name ist Michaela Mörderisch, und das hier ist mein Kollege Friedrich Fesch«, übernimmt die Mörderisch ihre Vorstellung. »Haben Sie einen Moment Zeit für uns, Herr Pluzer?«

Dem Angesprochenen ist nicht anzusehen, ob er überrascht ist, dass die Polizei vor seiner Tür steht. Immer noch betont freundlich öffnet er diese weiter, macht eine einladende Handbewegung und sagt: »Aber natürlich, kommen Sie nur herein! Ist etwas passiert?«

Die Mörderisch und der Fesch blicken einander ungläubig an. Ist es wirklich möglich, dass Ursula Herzigmanns Manager und angeblicher Geliebter noch nichts von ihrem grausamen Tod weiß?

»Folgen Sie mir doch am besten ins Wohnzimmer! Kann ich Ihnen etwas anbieten? Ich hab' eine sensationelle Kaffeemaschine.«

Die Mörderisch nickt. »Ein Kaffee wäre toll, danke. Schwarz, ohne Zucker.«

Titus David Pluzers Augen wandern zum Inspektor, der den Kopf schüttelt und meint: »Für mich nichts, danke.«

»Gut, dann ein schwarzer Kaffee. Ich bin gleich wieder da. Schauen Sie sich ruhig so lange um!«

Das lassen die Mörderisch und der Fesch sich nicht zweimal sagen. Es gibt tatsächlich einiges zu sehen, im Wohnzimmer des Managers, das äußerst modern und stylish eingerichtet ist. Dem Friedrich wäre das nicht gemütlich genug – all das Schwarz und Silber findet er ziemlich kühl und nüchtern –, aber seiner Kollegin ist anzumerken, dass der Raum sie genauso beeindruckt wie das Äußere seines Besitzers.

»Wow, so ein Wohnzimmer hätte ich auch gerne. Die Möbel sind ein kleines Vermögen wert«, flüstert sie.

Ein stummes Nicken ist die einzige Antwort Friedrichs. Er betrachtet lieber die unzähligen Fotos, die eine der Wände schmücken, in einem futuristisch anmutenden XXL-Rahmen, der die einzelnen Bilder zu einem großen Ganzen verbindet. So etwas hat der Inspektor zuvor noch nie gesehen.

Ganz schön beeindruckend, denkt er, als er erkennt, wer ihm da alles von den Fotos entgegenlächelt. Da ist einiges an lokaler Prominenz dabei, viele schöne Frauen und etliche wohlhabende, einflussreiche Männer. Besonders stechen aber zwei Bilder ins Auge. Sie zeigen ein bezauberndes, junges, lebensfrohes Mädel, einmal in inniger Umarmung mit dem Manager und einmal diesen leidenschaftlich küssend: Uschi. Der Friedrich winkt die Mörderisch zu sich und deutet auf die Bilder, die das Mordopfer und den Herrn Pluzer gemeinsam zeigen.

Er will diese gerade kommentieren, als er von einem schwungvollen »So, bitte, Ihr Kaffee« unterbrochen wird.

»Vielen Dank.« Die Kriminalbeamtin greift nach der edlen Tasse, dann legt sie los: »Herr Pluzer …«

»Nennen Sie mich doch bitte Dave! Alle meine Freunde und Bekannten tun das.«

»Wir fallen weder in die erste noch in die zweite Kategorie, Herr Pluzer«, entgegnet die Mörderisch scharf, was ihren Kollegen ein wenig überrascht, obwohl es ihm eigentlich klar sein hätte müssen, dass sie als Profi sich nicht einmal von so viel männlicher Schönheit blenden lässt.

»Also, Herr Pluzer«, fährt sie nun fort, »wir haben leider eine schlechte Nachricht für Sie.«

Der Gesichtsausdruck des Managers ändert sich kaum. Anscheinend bereitet ihm die Aussicht auf eine schlechte Nachricht kein Kopfzerbrechen.

»Ursula Herzigmann ist tot«, fackelt die Mörderisch nicht lange.

Entsetzen spiegelt sich auf dem Gesicht des Herrn Pluzer. *Gut gespieltes oder ehrliches?*, fragt der Friedrich sich augenblicklich.

»Tot?! Die Uschi?! A…aber wieso denn das?!«, stammelt der Schönling recht überzeugend.

»Sie wurde ermordet«, lautet die knappe Erklärung der Kriminalbeamtin.

Beim Wort *ermordet* weicht die sanfte Bräune aus dem Antlitz des Managers. Die Nachricht vom gewaltsamen Tod seines Schützlings, eventuell sogar seiner Geliebten, lässt ihn alles andere als kalt.

»Ermordet? Wer macht denn so was?«, entfährt es ihm.

»Das herauszufinden, ist unsere Aufgabe, Herr Pluzer«, erwidert der Friedrich trocken, »und Sie können uns bei der raschen und erfolgreichen Erledigung dieser Aufgabe helfen. Wie war denn Ihr Verhältnis zur Ursula Herzigmann?«

Eine Weile sagt Titus David Pluzer gar nichts, dann meint er: »Wir waren Arbeitskollegen. Die Uschi war momentan mein bestes Pferd im Stall, wenn man so sagen kann.«

Nicht sehr charmant, findet der Friedrich, aber das spricht er natürlich nicht aus.

»Wie meinen Sie denn das?«, hakt die Mörderisch hingegen nach.

»Na ja, die Uschi, die hatte eine große Karriere vor sich. Als Schönheitskönigin, Model und eventuell sogar als Schauspielerin. Wir waren da an einigen Sachen dran, an mitunter sehr spannenden Projekten, die Uschi hatte voll Bock darauf, hat sich zu hundert Prozent ihrem beruflichen Erfolg gewidmet.«

»Denken Sie, dass Frau Herzigmann Feinde hatte? Vor allem, was das Berufliche angeht?«, möchte die Kriminalbeamtin, die sich insgeheim wundert, wie einfach es dem Herrn Pluzer fällt, konsequent in der Mitvergangenheit von ihrem Mordopfer zu reden, nun wissen. Immerhin hat er angeblich gerade erst vom Ableben der jungen Schönheit erfahren.

Ursula Herzigmanns Manager überlegt einen Moment.

»Feinde wahrscheinlich nicht gerade, aber einige Neider

oder eher Neiderinnen mit Sicherheit. Die Wahl zur *Lindenblüte* hatte sie praktisch in der Tasche. Keine ihrer Konkurrentinnen ist nur annähernd so beeindruckend, wie sie es war.«

»Die Gewinnerin des Schönheitswettbewerbes wird tatsächlich zur *Lindenblüte* erkoren?«, entfährt es der Mörderisch.

Titus David Pluzer schmunzelt kurz. »Ich hab' anfangs genauso auf diesen ungewöhnlichen Titel reagiert wie Sie, aber nachdem es sich um eine regionale Wahl handelt, finden die Veranstalter das anscheinend passend. Also, wie gesagt, die Uschi wäre mit Sicherheit die heurige *Lindenblüte* geworden. Das haben die anderen Mädels natürlich mitbekommen, und ich glaube, dass die eine oder andere deshalb einen ziemlichen Hass auf die Uschi gehabt hat. Am meisten hat sie, soweit ich mich erinnern kann, unter einer gewissen Isolde gelitten. Die hat ihr das Leben bei den letzten Proben ganz schön zur Hölle gemacht ... Wahrscheinlich wird sie nun die *Lindenblüte* – wenn jetzt noch eine das nötige Potenzial dazu hat, dann sie.«

Der Friedrich hat längst sein rotes Notizbuch gezückt und schreibt mit dem leichten Plastikkuli von der Versicherung in Windeseile mit.

»Sonst fällt mir allerdings gerade niemand ein, der ein Problem mit der Uschi gehabt haben könnte«, fährt der Manager der Toten fort. »Ihre Filmprojekte waren noch viel zu vage, als dass sie jemandem in dieser Richtung gefährlich werden hätte können, und im Modelbusiness ist es ganz normal, dass aus unzähligen Bewerberinnen bei einem Casting nur eine ausgewählt wird. Das sind die Damen gewohnt. Ich denke also nicht, dass die Uschi sich Feinde gemacht hat, weil sie das eine oder andere Shooting ergattert hat.«

»Wie sah denn eigentlich ihr Verhältnis abseits des Beruflichen aus?«, fragt Friedrich nach.

»Mein Verhältnis zur Uschi?«, geht Titus David Pluzer sicher.

Na no na ned, denkt der Inspektor, während er nickt.

Ursula Herzigmanns Manager entgegnet erstaunt: »Wir hatten kein privates Verhältnis. Das wäre doch ziemlich unprofessionell gewesen, meinen Sie nicht auch?«

»Da ist uns aber ganz anderes zu Ohren gekommen«, schießt die Mörderisch dazwischen. »Angeblich war die Ursula Herzigmann Ihnen beinahe hörig, zumindest aber schwer verliebt in Sie.«

»Kann schon sein, dass die Uschi sich in mich verknallt hat, da wär' sie nicht die Erste, aber ich hab' sie nicht angefasst. Ich bin ja schließlich keine Anfang zwanzig mehr. Mich interessieren richtige Frauen, nicht diese jungen Mädchen, wenn Sie wissen, was ich meine.«

Ein schmieriges Augenzwinkern in Richtung der attraktiven Kriminalbeamtin folgt der ebenso schmierigen Antwort des Managers.

Aha, jetzt zeigst du dein wahres Gesicht, Bürschchen!, stellt der Friedrich innerlich mit Genugtuung fest.

Die Michi Mörderisch tut, als ob sie den unangebrachten Wink mit dem Zaunpfahl nicht bemerkt hätte, und erwidert zynisch: »Aber natürlich, das wäre wirklich sehr unprofessionell. Die beiden Fotos dort an Ihrer Wand erwecken allerdings nicht gerade den Eindruck eines nüchternen Arbeitsverhältnisses.«

»Ich bin halt kein Polizeibeamter, Gnädigste, in meinem Business geht's eben nicht ganz so spießig zu«, zischt Titus David Pluzer, nun anscheinend doch die Contenance verlierend.

Der Friedrich hat das Gefühl, eingreifen zu müssen.

»Na, na, Herr Pluzer, wir wollen doch nicht unsachlich werden. Wo waren Sie denn am Dienstagabend und Dienstagnacht, wenn ich fragen darf?«

»Was geht Sie das denn an? Werde ich etwa verdächtigt?«, reagiert der Befragte giftig über.

»*Was geht Sie das denn an?* ist nicht unbedingt die Antwort, die

Sie in meinen Augen unverdächtig erscheinen lässt, Herr Pluzer. Also, sagen Sie schon, wo waren Sie am Dienstag?«

Dem Manager ist eine gewisse Nervosität deutlich anzumerken. »Keine Ahnung. Da müsste ich in meinem Terminkalender nachschauen.«

»Tun Sie das ruhig, wir haben's nicht eilig«, erwidert die Mörderisch süffisant.

Titus David Pluzer zieht ein topmodernes, sündteures Smartphone aus seiner Tasche und wischt darauf herum. Dabei verfällt er zusehends.

Oje, haben wir etwa kein Alibi für Dienstagabend?, denkt Friedrich zynisch.

»Am Dienstag war ich anscheinend zu Hause«, murmelt ihr Verdächtiger – zu einem solchen hat er sich für die Mörderisch und den Fesch im Laufe dieses Gesprächs ganz klar entwickelt – leise.

»Alleine?«, hakt die Kriminalbeamtin nach.

»Sieht so aus ... Ohne meinen Anwalt sag' ich ab jetzt gar nichts mehr«, presst der Manager heraus.

Der Friedrich klappt sein Notizbuch zu und rückt seine Nickelbrille zurecht, bevor er bedächtig sagt: »Das ist wahrscheinlich auch besser so, Herr Pluzer.«

*

»Und, was halten Sie von diesem Herrn Pluzer? Denken Sie, dass er die Uschi auf dem Gewissen hat?«, fragt der Friedrich ehrlich gespannt, als er wieder im Auto der Mörderisch sitzt, gleich nachdem er ein Stoßgebet gen Himmel gesandt hat, um auch diese Fahrt unbeschadet zu überstehen.

Die Kriminalbeamtin zuckt mit den Schultern.

»Keine Ahnung, ich kann den Typen echt nicht einschätzen. Anfangs war er mir gar nicht so unsympathisch ... jetzt grinsen

Sie nicht so! Das hat nichts mit dem blendenden Aussehen des Herrn Pluzer zu tun! Ich bin grundsätzlich nicht empfänglich für solche Oberflächlichkeiten!«

Da ist der Friedrich sich nicht ganz so sicher, er findet es aber klüger, keinen Kommentar zur Aussage der Mörderisch abzugeben, schon alleine, weil sie fahrtechnisch gerade wieder das Ruder in der Hand hat.

»Also, wo war ich, genau, anfangs war er mir also ziemlich sympathisch, aber dann ... ein schmieriger Kerl ist er auf alle Fälle. Allerdings denke ich, dass er, wenn er tatsächlich der Mörder wäre, dafür gesorgt hätte, ein Scheinalibi bei der Hand zu haben. Er wirkt mir zu ausgefuchst, um überraschend ohne Alibi dazustehen. Meinen Sie nicht?«

»Dieser Gedanke ist mir auch schon gekommen«, meint der Friedrich, »wobei es natürlich sein könnte, dass er davon ausgeht, dass wir so denken, und er deshalb meint, es wäre unauffälliger, kein Alibi aus dem Hut zaubern zu können ... Die zweite Frage, die sich mir stellt, ist, welches Motiv er gehabt hätte, die Uschi umzubringen? Eifersucht? Enttäuschte Liebe?«

»Na ja, das wäre durchaus möglich. Wenn an dem von der Tupfinger Martha verbreiteten Gerücht etwas dran ist und der Herr Pluzer zu Besitzdenken und Eifersucht neigt, und so schätze ich ihn nach dem Gespräch vorhin ein, reicht das in meinen Augen durchaus für ein 1a-Mordmotiv. Oder aber, die Herzigmann Ursula hat ihn erpresst, ihn mit irgendetwas unter Druck gesetzt. Der Kerl wirkt auf mich so, als hätte er die eine oder andere Leiche im Keller. Gut möglich, dass die Ursula etwas herausgefunden hat, das ihrem Manager zum Verhängnis werden hätte können ... Gehen S', können S' mir bitte meine Sonnenbrille aus dem Handschuhfach geben, die Sonne steht grad arg tief. Nicht, dass ich noch einen Unfall baue, danke.«

Irgendwie ist es dem Friedrich peinlich, im Handschuhfach einer Dame zu kramen. Es dauert ein wenig, bis er die Sonnenbrille findet, weil jede Menge anderes Klumpert das Fach beinahe zum Überquellen bringt.

Gerade, als er das Etui entdeckt, fällt ihm ein Foto in die Hände, von dem er seinen Blick einfach nicht mehr abwenden kann. Die darauf abgebildete Frau ist eine klassische Schönheit, fast noch fescher als die Frau Doktor Weißinnger. Sie muss etwa in seinem Alter sein, hat schulterlange kupferrote Haare, die von einzelnen weißen Strähnen durchwirkt sind, eine atemberaubende Sanduhrfigur, große graublaue Augen und ein Lächeln, das den Herzschlag des Herrn Fesch beschleunigt, wie er es schon seit längerer Zeit nicht mehr erlebt hat. Die Mörderisch konzentriert sich zwar für ihre Verhältnisse intensiv auf die Straße, dennoch entgeht auch ihr nicht, welche Reaktion das Foto bei ihrem Kollegen auslöst. Also erklärt sie, während sie nach der Sonnenbrille greift, ungefragt: »Das ist meine Schwester.«

Augenblicklich beginnt der Friedrich nachzurechnen. Die Schönheit auf dem Foto und die Michi Mörderisch sind Schwestern? Unmöglich! Erneut scheint die Kriminalbeamtin die Gedanken ihres Gegenübers zu lesen.

»Mein Vater ist einer dieser Männer, die während der Midlifecrisis ihre Gattin mit einer jungen Frau betrügen, um sich so zu beweisen, dass der Tod doch noch nicht um die nächste Ecke auf sie wartet. Mittlerweile ist diese junge Frau, meine Mutter, auch nicht mehr soooooo jung. Genau genommen ist sie in etwa so alt wie meine Halbschwester, also Anfang fünfzig, witzig, finden Sie nicht auch? Immerhin sind meine Eltern noch verheiratet, und das, obwohl mein Vater letztes Jahr seinen achtzigsten Geburtstag gefeiert hat. Er ist aber auch ein sehr rüstiger, attraktiver Herr, mein Vater, so einer von der alterslosen Sorte. Wie auch immer, meine Halbschwester, die Sissi, ist zum Glück nicht nachtragend, wir haben also ein super Verhältnis zueinander. Ihre Mutter, die erste Frau meines

Vaters, ist leider schon vor mehr als zehn Jahren gestorben … Die Sissi ist übrigens verwitwet und momentan Single.«

Warum grinst die Mörderisch jetzt so anzüglich?

»Und sie ist eine Seele von Mensch. Keine Oberflächliche, sondern jemand, der immer den ganzen Menschen sieht, der Charakter vor das Aussehen stellt, dem die inneren Werte wirklich wichtig sind.«

Diese Zusatzinformation hätte die Mörderisch sich sparen können! Der Friedrich versteht ganz genau, worauf sie hinauswill. Insofern hat er nun einen Grund, beleidigt zu sein, von wegen innere Werte und so, andererseits fühlt er sich auch geschmeichelt, dass die Kriminalbeamtin ihn als möglichen Mann für ihre Halbschwester in Betracht zieht.

»Ich kann Sie gerne einmal mit ihr bekannt machen«, setzt sie grinsend nach, was in den Augen des Herrn Fesch das Fass aber nun endgültig zum Überlaufen bringt.

Nach einem kurzen Räuspern erwidert er empört: »Na, sagen Sie einmal, sind wir hier bei Herzblatt, oder was?!«

Kurz überlegt der Inspektor, ob seine junge Kollegin diese Kuppelshow überhaupt noch kennen kann, dann fährt er fort: »Zuerst wollen Sie mir die Cecilia Zenzinger andrehen und jetzt Ihre Halbschwester! Damit eines ein für alle Mal klar ist: Ich brauche keine Frau, Freundin oder sonst etwas in die Richtung, weil ich nämlich ganz gut alleine zurechtkomme! Und außerdem sind Sie hier bei uns, im wunderschönen Sankt Lindenbaum, um den Mord an der Uschi aufzuklären, und nicht, um für mich einen Deckel zu finden, den ich gar nicht suche! Übrigens koche ich grundsätzlich deckellos.«

Das Grinsen auf dem Gesicht der Mörderisch wird immer breiter. Sie amüsiert sich köstlich über den Ausbruch ihres Kollegen, was diesem wieder einmal bewusst macht, dass es bei ihr mit dem Respekt vor dem Alter nicht weit her ist. Verstohlen wirft er einen letzten Blick auf das Foto der anbetungswürdigen Halbschwester der Kriminalbeamtin und lässt es danach lautstark im Handschuhfach verschwinden. Trotzig wie ein kleines Kind knallt er dieses zu.

»Passt schon, Herr Kollege, keine Bemerkungen mehr zu Ihrem Privatleben, ich hab's verstanden, in Ordnung?«, entgegnet die Mörderisch besänftigend.

»Ich hab's ja nur gut mit Ihnen gemeint.«

»Apropos Privatleben. Wie sieht's denn mit Ihrem Liebesleben aus? Wenn Sie schon von der Cecilia alles über mich erfahren haben, finde ich, es wäre nur fair, dass ich Ihren Beziehungsstatus ebenfalls kenne. Also, sind Sie Single, verpartnert oder verheiratet, Frau Kollegin?«, versucht Friedrich, den Spieß umzudrehen.

Auf eine Antwort der Michi Mörderisch muss er allerdings warten, weil das, was da plötzlich auf der Straße vor ihnen auftaucht, einfach viel bedeutender ist als der Beziehungsstatus der Kriminalbeamtin.

Kapitel 12

»Herrschaftszeiten, jetzt bremsen S' doch ein bisserl stärker, Frau Kollegin! Das da vorne ist ein Mensch! Wollen S' den überrollen, oder was?!«, plärrt der Friedrich, weil sie dem reglosen Körper mitten auf der Straße in beängstigendem Tempo näher kommen.

Wie geheißen, tritt die Mörderisch das Bremspedal durch, was einen quietschenden Protest der Reifen ihres Wagens auslöst, diesen aber rasch zum Stillstand bringt.

»Schnell, wir müssen die Straße absichern, um diese Zeit ist hier zwar nie viel los, aber der Teufel schläft ja bekanntlich nicht! Wo haben S' denn Ihr Pannendreieck?!«

»Im Kofferraum.«

Der Friedrich packt die neonfarbene Warnweste, die er im Türfach neben sich gefunden hat, aus und schreitet zur Tat. Dabei schießt ihm ein Name durch den Kopf: Levin Liguster. Er hat den Körper zwar noch nicht genauer unter die Lupe nehmen können, aber von der Größe her könnte es passen. Außerdem hat der Bursche, der da auf der links und rechts von dichtem dunklen Wald eingesäumten Straße liegt, blonde Haare und einen Turnschuh an. Einen einzelnen Turnschuh, der genau die gleiche Farbe hat wie die Weste, in die der Friedrich gerade geschlüpft ist.

»Das ist der Liguster Levin«, flüstert jetzt auch die Kriminalbeamtin erschüttert, während sie auf den leblosen Körper zueilt.

»Hoffentlich ist er nicht tot«, betet der Friedrich, der plötzlich den Unterlindenbaumer Bürgermeister und seine Frau vor Augen hat. Er selbst hat zwar keine Kinder, trotzdem kann er sich vorstellen, dass es nichts Schlimmeres gibt, als das eigene Kind zu verlieren. Je näher der Herr Fesch dem Burschen kommt, desto seltsamer findet er die Lage, in der dieser auf dem Asphalt platziert ist. Platziert, genau, es schaut nämlich gar nicht so aus, als wäre er durch einen Unfall zufällig auf diesen geschleudert worden. Jemand hat sich die Mühe gemacht, Levin Ligusters reglosen Körper zu drapieren. Oder hat er sich selbst, noch bei Bewusstsein, auf die Straße gelegt, als ob er sich die Sonne auf den Bauch scheinen lassen wollte? Mit weit ausgebreiteten Armen, die Beine kerzengerade nebeneinander, ein bisserl wie diese bekannte Statue in Rio, nur im Liegen halt.

»Rufen Sie die Rettung, Herr Fesch«, meint die Mörderisch, die sich bereits Gummihandschuhe aus irgendeiner der vielen Taschen ihres Outfits gefischt und diese übergezogen hat, während sie neben dem Levin in die Hocke geht. »Ich glaube, er atmet noch.«

Hektisch sucht der Friedrich nach seinem Handy. Als er es gefunden hat, ruft er in einem ersten Impuls die Frau Doktor Weißinnger an, bevor er dann die Rettung alarmiert. Zu diesem Zeitpunkt hat die Kriminalbeamtin den Levin bereits in die stabile Seitenlage gebracht, nicht ohne zuvor ein Foto von seiner merkwürdigen Pose zu machen. Als der Inspektor mit dem Telefonieren fertig ist, winkt seine Kollegin ihn zu sich.

»Schauen Sie sich bitte den linken Unterarm des Burschen an!«, meint sie, auf das besagte Körperteil deutend.

»S … O … R … R … Y«, liest der Friedrich leise vor, »da steht *sorry*.«

Allerdings, das tut es, wie mit einer Rasierklinge eingeritzt, wobei deutlich zu erkennen ist, dass das zweite R im Nachhinein dazugefügt wurde, richtiggehend hineingequetscht, viel kleiner und schmäler als die anderen vier Buchstaben.

»Sorry? Wer ritzt sich denn bitte das Wort *sorry* in den Unterarm?«, murmelt der Polizeibeamte kopfschüttelnd.

»Die Nachricht«, raunt die Mörderisch nur.

»Nachricht? Welche Nachricht?«, fragt Friedrich verwirrt.

»Na, die Nachricht auf dem Spiegel. In Levins Kinderzimmer. *Seid mir nicht böse, ich kann nicht anders ...*«

»*Sorry!*«, ergänzt der Friedrich flüsternd. Dabei mustert er den Bewusstlosen genau. Gröbere, also potenziell tödliche äußere Verletzungen sind auf den ersten Blick keine zu erkennen, obwohl der junge Mann ziemlich viel Blut an seinem Körper hat. Die eingetrockneten roten Flecken verunstalten nicht nur den zweiten neonorangenen Turnschuh, sondern auch sein graues T-Shirt und die hellblauen Jeans. Einzig sein Gesicht weist Spuren von Gewalt auf.

»Genauso hab' ich damals ausgesehen, als mir das erste Mal die Nase gebrochen worden ist.«

Die Mörderisch schaut den Friedrich entgeistert an, der daraufhin erklärend beifügt: »Beim Völkerballspielen in der Hauptschule. Der Mann von der Tupfinger Martha, der hat damals einen sakrisch scharfen Schuss gehabt und unsere Bälle, die waren nicht aus Schaumstoff, bei uns ist's noch richtig zur Sache gegangen.«

»So, so«, kann die Kriminalbeamtin sich nicht verkneifen, »der Mann von der Tupfinger Martha. Der ist also schon in der Schulzeit eifersüchtig auf Sie gewesen.«

Empört erwidert der Friedrich: »Was heißt hier, schon?! Was mich angeht, hat überhaupt niemand Grund zur Eifersucht! Ich bin selbst das traurige Opfer einer Seitenspringerin, das hat Ihnen die Cecilia doch sicher erzählt, also bitte, lassen Sie solche Kommentare in Zukunft! Außerdem reden wir von der Tupfingerin, Sie verstehen, was ich meine ... Aber zurück zum Gesicht des armen Burschen hier. Ihm hat offensichtlich jemand die Nase gebrochen. Vielleicht ist er dabei mit dem Hinterkopf auf der Straße aufgeschlagen und so liegen geblieben. Andererseits wären dann die vielen eingetrockneten Flecken, wenn sie wirklich von seinem eigenen Blut stammen, nicht über den gesamten Körper verteilt.«

»Und noch nicht eingetrocknet. Ihn hätte doch sonst längst jemand bemerken müssen, also, wenn er schon längere Zeit an dieser Stelle liegen würde, meine ich. Eventuell war's ja auch die Ursula Herzigmann, die ihm die Nase zertrümmert hat, als sie sich wehren wollte?«, schlägt die Mörderisch vor. »Ich könnt' mir gut vorstellen, dass das ihr Blut ist. So viel Blut nur wegen einer gebrochenen Nase?«

Der Friedrich schüttelt den Kopf. »Ich glaub' nicht, dass das die Uschi war und dass das ihr Blut ist. Sie sollten so einen gebrochenen Zinken nicht unterschätzen! Der kann ganz schön stark bluten. Ich hab' auch bei meinem zweiten Nasenbeinbruch ähnlich ausgesehen wie der Levin jetzt, also von oben bis unten voller Blutflecken. Meine Mama hat damals ziemlich geschimpft, weil sie das Blut so schwer aus meinen Turnsachen bekommen hat.«

»Turnsachen? Sagen Sie nicht, das ist auch beim Völkerballspielen passiert?«

Nun nickt der Friedrich, während er seine Brille zurechtrückt. »Doch, das ist es, beim dritten Mal übrigens auch. Sie können sich also vorstellen, dass Völkerball nicht gerade mein Lieblingsspiel ist … Glauben Sie, dass der Levin sich das Wort *sorry* selbst in den Unterarm geritzt hat?«

»Ich weiß nicht«, meint die Kriminalbeamtin, »ich hätt' ihn schon so eingeschätzt, dass er ein Wort wie *sorry* gleich beim ersten Versuch richtig schreiben kann. Allerdings wäre natürlich gut möglich, dass er etwas eingeworfen hatte, als er sich das Wort eingeritzt hat.«

»Oder aber, der Schock, gerade zum Mörder geworden zu sein, hat seine orthografischen Fähigkeiten ein bisserl eingeschränkt.« Der Sarkasmus ist deutlich aus der Stimme des Herrn Fesch herauszuhören.

»Okay, okay, Sie haben natürlich recht. In einer Ausnahmesituation wie dieser ist korrekte Rechtschreibung wahrscheinlich nicht das Vorrangigste. Irgendwie kommt mir das Ganze trotzdem spanisch vor. Warum sollte der Levin zuerst sein Rad am See zurücklassen, dann auch noch einen seiner Schuhe anbauen, um sich erst Tage später, das Wort *sorry* in den Unterarm geritzt, hier zum Sterben hinzulegen?«, flüstert die Kriminalbeamtin, aus Rücksicht auf den Ohnmächtigen. »Wie weit ist der See eigentlich von diesem Straßenabschnitt entfernt?«

»Boah, Sie fragen mich vielleicht Sachen«, entfährt es dem Herrn Fesch. »Das werden schon so an die fünf Kilometer sein, Luftlinie, versteht sich. Wenn man über die Waldwege vom See hierherkommen will, braucht man sicher eine ganze Weile. Vor allem, wenn man körperlich und seelisch angeschlagen ist und nur einen Schuh anhat. Wie man's auch betrachtet, die Sache ist auf alle Fälle mehr als ominös, wenn Sie mich fragen.«

»Allerdings, das ist sie, aber wenigstens wissen die Ligusters jetzt, wo ihr Sohn ist, alles ist besser als diese Ungewiss...«

Die Michi Mörderisch wird vom Folgetonhorn des Rettungswagens unterbrochen, der mit einem Höllentempo auf sie zurast.

»Endlich«, atmet der Friedrich auf, »hoffentlich überlebt der arme Bursche das.«

*

Als die Frau Doktor Weißinnger am Ort des Geschehens eintrifft, geht für den Friedrich die Sonne auf, obwohl die echte sich zu diesem Zeitpunkt eigentlich schon zum Untergang bereitmacht. Kurz sinniert er darüber, was nun besser ist, eine atemberaubend schöne Michi-Mörderisch-Schwester auf glänzendem Fotopapier oder eine anbetungswürdige Allgemeinmedizinerin in natura, doch dann wird ihm bewusst, dass das angesichts des ohnmächtigen Liguster-Sprosses ziemlich pietätlos ist.

Er beobachtet, nachdem er der schönen Ärztin stumm zugenickt hat, wie diese und die Rettungssanitäter den, in welcher Form auch immer, Verunglückten transportfertig machen. Dabei bemerkt er, dass die Frau Doktor ein ziemlich ernstes Gesicht macht, etwas, das er von der sonst meist lächelnden Schönheit kaum kennt.

Erst nachdem der Rettungswagen mit Blaulicht und Folgetonhorn ins nächstgelegene Krankenhaus aufgebrochen ist, wendet die Ärztin sich dem Polizisten zu.

»Das schaut gar nicht gut aus«, meint sie besorgt, »ich fürchte, der junge Mann ist nicht nur aufgrund seiner Gesichtsverletzung ohne Bewusstsein. Da muss mehr dahinterstecken.«

»Woran denken Sie, Frau Doktor Weißinnger?«, hakt der Friedrich interessiert nach.

Die Medizinerin zuckt mit den Schultern. »Ach, ich möchte mich hier nicht auf irgendwelche Spekulationen einlassen und Sie damit vielleicht in eine falsche Richtung locken, aber es wäre gut möglich, dass er etwas eingenommen hat, das ihn in diesen Zustand versetzt hat.«

»Drogen?«, entfährt es der Mörderisch wie aus der Pistole geschossen.

Zur Kriminalbeamtin blickend, überlegt die Ärztin einen Moment und antwortet dann: »Eventuell … oder aber auch Medikamente, K.-o.-Tropfen, da bietet sich einiges an. Spätestens, nachdem er im Spital genau untersucht wurde, müssten Sie Genaueres wissen.«

»Übrigens«, wendet Frau Doktor Weißinnger sich nun wieder an den Herrn Fesch, »ich hab' dafür gesorgt, dass in den nächsten Tagen immer wieder jemand auf den Herzigmann

Norbert und seine Familie schaut, die drei sind komplett fertig mit den Nerven.«

Der Friedrich rückt seine Brille zurecht. »Drei? Eigentlich sind's ja vier Herzigmanns, die um die Uschi trauern sollten.«

»Stimmt«, meint Frau Doktor Weißinnger, »aber der Johann war nicht zu Hause, als ich den Hof besucht habe. Ich glaube, auf ihn schauen die Zenzinger-Damen, anscheinend hat er sich bei ihnen einquartiert.«

Stimmt, das weiß der Friedrich ja eigentlich schon vom Norbert. Aber warum macht die Mörderisch plötzlich so ein skeptisches Gesicht?

»Ach ja, noch etwas wollte ich Ihnen sagen, Herr Fesch, ich hab' in der Gerichtsmedizin angerufen, weil mich interessiert hat, ob es Neues zu Ursula Herzigmanns Tod gibt. Ich hatte recht, sie wurde mit einem stumpfen Gegenstand erschlagen. Der Täter oder die Täterin hat mehrmals auf Ursula Herzigmann eingeschlagen, obwohl der erste Schlag schon tödlich gewesen sein dürfte. Es war also ein sehr schwerer Gegenstand, den hier jemand zur Mordwaffe umfunktioniert hat. Ein Gegenstand, halten Sie sich fest, der Rückstände in der Kopfwunde hinterlassen hat. Man hat mikroskopisch kleine Kunststoffteilchen gefunden, in Pink, um genau zu sein.«

»Ursula Herzigmann wurde also mit einem schweren pinkfarbenen Gegenstand erschlagen, hab' ich das richtig verstanden?«, geht die Mörderisch sicher.

Ein leichtes Kopfnicken ist die Antwort der Medizinerin.

Der Friedrich zwirbelt seinen Schnauzer. »Hat man eine Vermutung, um welchen Gegenstand es sich handeln könnte?«

Vielleicht um ein übervolles Handtascherl oder einen dicken fetten Schminkkoffer, denkt die Kriminalbeamtin, aus Pietätsgründen behält sie ihre Gedanken aber für sich.

»Nein, soweit ich weiß, nicht. Aber man hat etwas anderes herausgefunden, das für Sie beide eventuell von Interesse sein könnte. Ursula Herzigmann hatte nichts im Magen, dafür aber jede Menge Medikamente im Blut. Man hat Spuren von Schmerzmitteln gefunden, außerdem von Arzneistoffen, die vor allem in Appetitzüglern zum Einsatz kommen. Dazu noch Mittel, die zur Leistungssteigerung benutzt werden. Einen ganz schön heftigen Cocktail dürfte sich die Herzigmann Ursula da gegeben haben ... So, jetzt muss ich aber weiter. Ich melde mich bei Ihnen, falls es von meiner Seite Neuigkeiten gibt. Auf Wiedersehen, Frau Inspektorin, Herr Fesch.«

Nachdem die Frau Doktor Weißinnger verschwunden ist, sagt die Mörderisch nur einen Satz: »Der Johnny ist nicht bei den Zenzingers. Die Jessy hat sich gestern Abend stundenlang die Augen ausgeheult, weil er plötzlich nichts mehr mit ihr zu tun haben will.«

*

Eigentlich hätten der Fesch und die Mörderisch noch jede Menge zu tun gehabt, aber irgendwann muss sogar der eifrigste Ermittler eine Pause machen. Also lässt der Friedrich sich vom Wolfgang und dem Joseph ein Ständchen bringen und überlegt dann, was er sich jetzt noch schnell kochen könnte. Seit er an dem Uschi-Mord arbeitet, klappt das mit dem Vorkochen nämlich nicht mehr so recht.

Der Kühlschrank gibt neben Senf, Ketchup, einem Tiegel Schmalz und einem schon ziemlich vertrockneten Stück Emmentaler nicht mehr allzu viel her, Brot ist auch keines im Haus, schon gar keine Vinschgerln, und der Greißler, den es in Sankt Lindenbaum tatsächlich noch gibt, hat schon seit ein paar Stunden geschlossen.

Es ist einfach nur zum Heulen! Bleibt dem Friedrich also nur noch eines: Er greift nach der für Notfälle immer auf seinem Spiegel klebenden Speisekarte der Unterlindenbaumer Pizzeria, um sich das perfekte Pizza-Modell für heute Abend auszusuchen.

Nachdem er ein besonders leichtes Exemplar mit Salami, Speck, mehreren Sorten Käse, Zwiebeln und scharfen Pfefferoni bestellt hat, zückt er noch einmal sein Notizbuch, um sich die Wartezeit mit beruflichen Grübeleien zu vertreiben. Momentan steht er gedanklich komplett an. Auch sein Bauch hat, wahrscheinlich wegen akut lebensgefährdender Leere, schon vor ein paar Stunden den Dienst quittiert. Antworten auf die unzähligen Fragen, die ihm nonstop durch den Kopf schwirren, zu finden, kommt ihm so unmöglich vor wie dem Sisyphus damals das Auf-den-Berg-Rollen des Felsens. Trotzdem schafft er es nicht, die lästigen Fragen zumindest für ein paar Momente auszublenden.

Wer hat die Uschi auf dem Gewissen und warum? Was ist dem Levin zugestoßen? Ist er der Mörder oder dieser Titus David Pluzer? Steckt eventuell doch eine Neiderin der Uschi hinter dem brutalen Verbrechen? Immerhin war die Mordwaffe pink. Wollte eine Konkurrentin die zu erfolgreiche Uschi loswerden? Irgendein anderes angehendes Model, eine zukünftige Schönheitskönigin oder eine aufstrebende Schauspielerin? Vor allem eines bereitet dem Friedrich momentan Kopfzerbrechen: Wohin hat der Herzigmann Johann sich abgesetzt, und wieso ist er verschwunden?

Eine Antwort auf diese beiden wichtigen Fragen zu finden, hat die Mörderisch sich für heute Abend vorgenommen. Sie möchte die Zenzinger Jessy gefühlvoll in die Mangel nehmen, um herauszufinden, was zwischen den beiden jungen Leuten, also ihr und ihrem Johnny, vorgefallen ist. Auch wenn Friedrich weiß, dass das mehr als absurd wäre, hat er Sorge, dass der Johnny der Nächste ist, den sie leblos irgendwo rund um Sankt Lindenbaum auffinden werden. Vielleicht treibt ja gar ein Serienmörder sein Unwesen in ihrer wunderschönen Gegend?

Wer sagt denn, dass es diese Art von Verbrechern nur in Großstädten geben kann? Warum also nicht auch in Sankt Lindenbaum und Umgebung? Der Friedrich lacht laut auf, was den Wolfgang und den Joseph dazu veranlasst, ihren Gesang für ein Sekündchen zu unterbrechen.

»Ja, bin ich denn jetzt schon komplett paranoid? Warum sollt' denn bei uns ein Serienmörder meucheln? Blödsinn!«

Kopfschüttelnd springt der Friedrich, der es sich am Küchentisch bequem gemacht hat, wieder auf und beginnt, seinen Bart zwirbelnd, im Raum auf und ab zu marschieren. Gerade jetzt wird ihm besonders stark bewusst, wie alleine er ist. Jemanden zum Reden, den bräuchte er jetzt. Jemanden, der unparteiisch ist und ihm dabei hilft, seine wirren Gedanken zu ordnen. Auch wenn er im Grunde froh ist, seine Ex nach dem Seitensprung hinausgeschmissen zu haben, muss er zugeben, dass sie ihm in Augenblicken wie diesen immer eine große Stütze gewesen ist.

Wieder fällt ihm das Foto von der feschen Mörderisch-Schwester ein. Und vielleicht würde es sich ja herausstellen, dass sie beide auf einer Wellenlänge liegen und sie eine Frau ist, mit der er sich auch dann, wenn er in seinen Ermittlungen stecken geblieben ist, austauschen kann. Nachdem die Frau Doktor Weißinnger schon dauerhaft vergeben ist, sollte er die Mörderisch-Halbschwester-Alternative also möglicherweise doch in Betracht ziehen.

»Ja, Himmelherrschaftszeiten«, der Friedrich bleibt abrupt stehen und lässt die Zwirbel-Hand sinken, »jetzt denk' ich schon über Frauen nach, nur, weil ich nicht draufkomm', wer die Uschi ermordet hat! Ja, spinn' ich denn?! Ich ess' jetzt was, und dann geh' ich schlafen, was meint ihr, Wolfgang und Joseph? Den Fall, den lös' ich dann morgen, hoffentlich.«

Das schrille Geräusch der Haustürklingel reißt den Herrn Fesch aus seiner depressiv-sentimentalen Stimmung.

»Eine Spezialpizza für den Herrn Inspektor, bitt schön'«, begrüßt ihn der junge Pizzalieferant, der für den Friedrich schon so was wie ein alter Bekannter ist. »Macht neun Euro.«

»Passt schon so, danke.«

Der Friedrich hält dem Lieferanten einen Zehner hin und will die Tür schon schließen, als dieser noch etwas sagt: »Ich hab' g'hört, was dem Liguster Levin passiert ist. Hoffentlich wird er wieder. Der Levin, der Herzigmann Johnny und ich, wir sind von der ersten an in einer Klasse g'wesen. Das schweißt einen z'samm. Falls Sie den Levin in der nächsten Zeit besuchen, sind S' bitte so lieb und grüßen S' ihn vom Hefinger Karli, danke. Auf Wiederschauen.«

»Wiedersehen.«

Langsam schließt der Polizeiinspektor die Tür. Dass die Fragen durchs Pizzaessen eine Weile eine Ruh' geben, das kann er sich nun abschminken. Ganz im Gegenteil, das, was er gerade erfahren hat, führt dazu, dass noch ein paar neue permanent lästig sind.

»Na dann, gute Nacht.«

Kapitel 13

Am nächsten Morgen fährt der Friedrich nach einem kleinen Frühstück, die Pizza von gestern liegt ihm immer noch ziemlich schwer im Magen, gleich auf den Posten.

Seine weiß-weinrote Vespa glänzt in der Sonne, die saftig grüne Landschaft rattert an ihm vorbei, und der Inspektor stellt wieder einmal fest, dass es kaum ein schöneres Platzerl auf der Welt gibt als Sankt Lindenbaum. Nicht, dass er schon wahnsinnig viel von der Welt gesehen hätte, also live, versteht sich. Der Friedrich hat einfach nie das Bedürfnis gehabt, sich so richtig weit von Sankt Lindenbaum zu entfernen, ein weiterer Streitpunkt zwischen ihm und seiner Ex, die gerne jeden Kontinent zumindest einmal bereist hätte.

Wie auch immer, in der nächsten Zeit wird sich für den Polizisten in puncto Urlaubsdestinationen auch nicht viel ändern, denn das, was man im Fernsehen und Internet momentan so vom Rest des Planeten mitbekommt, steigert sein Bedürfnis nach Fernreisen auch nicht unbedingt. Ein Tag in Wien, Salzburg oder einer anderen österreichischen Landeshauptstadt, das reicht ihm schon als Städtetrip, und wenn er ausspannen möchte, dann kann er das bekanntlich sowieso am besten im Sankt Lindenbaumer See. Momentan ist aber von Ausspannen ohnehin keine Rede, weil er drei wichtige Dinge herausfinden muss:

1. Wer hat die Herzigmann Uschi auf dem Gewissen?
2. Was ist dem Liguster Levin, der immer noch nicht ansprechbar ist, zugestoßen?

3. Wohin ist der Johnny, der eventuell in großer Gefahr ist, verschwunden?

Wien, Salzburg und der Sankt Lindenbaumer See müssen also noch warten. Gespannt ist der Friedrich vor allem auch auf das, was die Mörderisch Michi aus der Zenzinger Jessy herausbekommen hat. Ob sie Genaueres über den Verbleib ihres ihr mittlerweile anscheinend abtrünnig gewordenen Liebhabers weiß?

Auf den Bericht der Kriminalbeamtin muss der Friedrich allerdings warten, weil die noch nicht auf dem Posten ist, als er diesen erreicht.

»Ich hab' Ihnen meinen Bericht zu dem letzten Einbruch auf den Tisch gelegt«, begrüßt sein junger Kollege den Polizeibeamten. »Bin gespannt, ob's das jetzt war oder ob's noch weitergeht.«

Friedrich quittiert diese Bemerkung nur mit einem Kopfnicken. Über die seltsame Einbruchswelle in Sankt Lindenbaum will er sich im Moment keine Gedanken machen. Schon gar nicht, wenn er einen so unerwarteten Gast hat.

»Sophie, was machst du denn hier?!«, begrüßt er die Mutter des Mordopfers überrascht.

Die sonst so fröhliche, fesche Bäuerin sieht zum Fürchten aus. Sie ist im wahrsten Sinne des Wortes ein Schatten ihrer selbst: blass, mit verquollenen Augen und dunklen Ringen unter diesen, viel magerer und eingefallener als sonst, um Jahrzehnte gealtert. Am liebsten hätte der Friedrich sie in den Arm genommen, um sie zu trösten, aber weil sein Kollege gerade so neugierig herschaut, lässt er das lieber bleiben. In einem Dorf wie Sankt Lindenbaum machen Gerüchte nicht nur wegen der Tupfinger Martha in Lichtgeschwindigkeit die Runde.

Die Trauernde sieht den Inspektor lange stumm an, dann bringt sie mit gebrochener Stimme hervor: »Ich wollt' unbedingt mit dir reden, Friedrich. Der Norbert hat mir erzählt, dass du schon zweimal bei uns gewesen wärst, aber da ist es dem Theo und mir leider noch viel zu schlecht gegangen, um Besuch zu empfangen. Aber jetzt, jetzt wirken die Medikamente, die mir die Frau Doktor Weißinnger gegeben hat, so langsam, und ich glaube, es ist an der Zeit, dir alles zu erzählen, was ich weiß. Schließlich musst du ja den Mörder von der Uschi finden, damit er seine gerechte Strafe bekommt.«

Tränen rinnen Ursula Herzigmanns Mutter über die Wangen, und schluchzend ergänzt sie schließlich: »Der Theo, der wollt' nicht mitkommen, den trifft der Tod von der Uschi noch viel härter als mich. Außerdem ist er nicht so stark, wie er gerne tut, sondern für ein Mannsbild recht sensibel. Ich wollt' ihn nicht dazu zwingen, mit dir zu reden, und wahrscheinlich hätt' ich's sowieso nicht geschafft, ihn zu überreden. Du kennst ihn ja, er hat einen ziemlichen Dickschädel, der Theo.«

Nickend schiebt der Friedrich seine Brille zurecht. Etwas Besseres fällt ihm gerade nicht ein, weil er stark gegen die Tränen ankämpft, die nun auch in ihm hochsteigen. Die Sophie in einem derartigen Zustand zu sehen, das bricht ihm das Herz.

»Kann ich vielleicht ein Glas Wasser haben?«, meint diese nun.

»Aber sicher«, erwidert der Polizeiinspektor unangenehm berührt. »Entschuldige, dass ich dich nicht gefragt hab', ob du etwas trinken möchtest. Magst vielleicht auch einen Kaffee?«

Ursula Herzigmanns Mutter schüttelt den Kopf.

»Nein danke, nur ein Wasser, bitte.«

Während der Friedrich das Wasser in das schönste Glas fließen lässt, das er in der kleinen Küche der Polizeiinspektion gefunden hat, redet die Sophie weiter.

»Ich weiß ja nicht, was dir der Norbert schon erzählt hat, aber mit der Uschi war es in der letzten Zeit gar nicht so einfach. Seit sie diesen Manager gehabt hat, der ihr einen Floh nach dem anderen ins Ohr gesetzt hat, hat sie sich komplett verändert. Früher, da hat sie immer gern gegessen, uns mit der Arbeit am Hof geholfen, ist auch mit mir zu den Kirchenchor-Proben gegangen, hat sich in der Gemeinde engagiert. Du weißt ja eh, wie sie war. Aber seit sie geglaubt hat, dass sie ein bekanntes Model oder sogar eine berühmte Schauspielerin werden kann, hat sie sich für all das überhaupt nicht mehr interessiert. Am schlimmsten war für mich diese ständige Hungerei. Außer ein bisserl Obst und Gemüse hat sie plötzlich gar nichts mehr gegessen, und irgendwelche Tabletten hat sie auch geschluckt, um dünner zu werden. Die hat ihr dieser Dave besorgt, da bin ich mir ganz sicher. Kannst du dir vorstellen, dass die ihr ernsthaft gesagt haben, dass sie zu dick ist? Die Uschi, die war doch schon immer ein bisserl zu dünn, ich versteh' wirklich nicht, dass sie das, was ihr diese Leute eingeredet haben, ernst genommen hat … Danke!«

Die Sophie greift nach dem Glas Wasser und nimmt einen großen Schluck, dann sprudelt es weiter aus ihr heraus: »Hast du gewusst, dass sie sogar ihr Studium abgebrochen hat?«

Der Friedrich schüttelt den Kopf. Nein, das hat er tatsächlich nicht gewusst.

»Dabei wollt' sie doch von klein auf immer schon Tierärztin werden. Eine eigene Praxis in Sankt Lindenbaum, das war schon im Kindergarten ihr größter Traum. Sie hätt' auch das Zeug dazu gehabt, hat sich mit dem Lernen nie schwergetan. Ich hab' versucht, ihr den Studienabbruch auszureden, aber sie hat gemeint, dass sie nur eine Chance hat, als Model und Schauspielerin erfolgreich zu werden, wenn sie sich voll und ganz auf diese Sache konzentriert, hart an ihrer Figur arbeitet, zu Castings geht, an Schönheitswettbewerben und Modelshows teilnimmt, so was eben. Der Theo, der hat's mit Druck versucht, hat ihr sogar gedroht, sie vom Hof zu schmeißen, wenn sie nicht weiterstudiert oder sich irgendeine andere ordentliche

Arbeit sucht. Durchgezogen hat er das dann natürlich nicht. Er hat seine Tochter ja über alles geliebt. Sie war sein Augenstern, die Uschi.«

»Dass sich die Uschi so verändert hat, war sicher nicht leicht für euch. Kannst du dich daran erinnern, was sie am Dienstagabend, bevor sie ...«, der Friedrich kann das Wort *ermordet* der Sophie gegenüber einfach nicht aussprechen, »... also, bevor ihr das passiert ist, gemacht hat? Hast du eine Idee, ob sie vorgehabt hat, sich mit jemandem zu treffen?«

Die Sophie überlegt eine Weile, dann antwortet sie: »Ich weiß noch, dass es wieder einmal Streit gegeben hat, weil die Uschi nicht mit uns essen wollte, sondern stattdessen lieber laufen gegangen ist. Sie hat die Isa erwähnt, die vorgehabt hat, sie zu begleiten. Vielleicht war das aber auch gelogen. Der Theo, der wollt' seine Tochter nämlich am Abend nicht alleine aus dem Haus lassen, obwohl sie ja wirklich schon alt genug gewesen ist. Er hat in der letzten Zeit immer Angst um sie gehabt, als hätt' er was geahnt.«

Wieder kämpft die Mutter der Verstorbenen mit den Tränen, woraufhin der Friedrich ihr ein Taschentuch reicht. Nachdem sie sich die Wangen abgetrocknet und die Nase geputzt hat, fährt sie fort.

»Wir haben mit den Buben gerade beim Abendessen gesessen, als die Uschi mit ihrem Handy in der Hand, ihre Sportsachen an, in die Küche gekommen ist, um uns Bescheid zu geben, dass sie noch joggen gehen möchte. Ich weiß noch, dass der Theo sich aufgeregt hat, weil die Uschi, während er mit ihr reden wollte, die ganze Zeit auf ihr Handy geschaut und irgendwelche Nachrichten getippt hat. Als er nachgefragt hat, wem sie da schreibt, ob es leicht wieder dieser Dave ist, mit dem sie sich treffen will, hat sie den Kopf geschüttelt und etwas von dieser Isa erzählt, die sich beim Marterl mit ihr treffen und dann noch eine größere Runde mit ihr drehen möchte. Ich hab' ihr das nicht geglaubt und der Theo wahrscheinlich auch nicht. Wir sind beide davon ausgegangen, dass sie sich mit ihrem Manager zu einem heimlichen Stelldichein trifft. Die zwei, die haben sicher was am Laufen gehabt, das hat den Theo ganz fertiggemacht. Immerhin ist dieser Dave nur ein paar Jahre jünger als wir. Der Theo hat sich Sorgen um die Uschi gemacht und darüber, was die Leute im Ort reden werden, wenn sie das mitbekommen. Aber anscheinend hat die Uschi das ziemlich klug angestellt. Ich glaub', nicht einmal die Tupfinger Martha hat etwas von ihr und diesem Manager gewusst.«

Der Friedrich überlegt eine Sekunde, ob er die Sophie auf das Gerücht, von dem die Martha ihm und der Mörderisch erzählt hat, ansprechen soll, lässt es dann aber doch bleiben. Er möchte die arme Frau nicht zusätzlich belasten.

Stattdessen fragt er: »Diese Isa, war das eine Freundin von der Uschi? Ich glaub', ich kenn' keine Sankt Lindenbaumerin, die so heißt.«

»Na ja, eine Freundin nicht gerade«, erwidert die Sophie, »eher eine Bekannte. Das Mädel hat die Uschi angeblich bei den Vorbereitungen zu dieser Misswahl kennengelernt. Sie ist aus Unterlindenbaum, glaub' ich.«

»Apropos Unterlindenbaum«, hakt der Friedrich jetzt nach, »weißt du, wie sich die Uschi mit dem Liguster Levin verstanden hat?«

Die Sophie schaut den Friedrich erstaunt an.

»Liguster Levin? Ist das nicht der Sohn vom Unterlindenbaumer Bürgermeister? Der ist doch mit dem Johann in die Schule gegangen ... aber mit der Uschi, mit der hat er nichts zu tun gehabt. Ich weiß gar nicht, ob die zwei sich überhaupt gekannt haben. Der Johann und der Levin, die waren in der Schule nicht immer die besten Freunde. Soweit ich mich erinnern kann, hat's zwischen den beiden einige Male gekracht, dann haben sie sich aber wieder ganz gut verstanden, so, wie

Burschen halt sind. Bei uns auf dem Hof war der Levin auf alle Fälle aber nie, daran könnt' ich mich erinnern.«

»Als die Uschi nicht nach Hause gekommen ist, habt ihr euch da gar keine Sorgen gemacht? Habt ihr nicht versucht, sie zu erreichen?«, lenkt der Herr Fesch das Gespräch nun wieder auf den Abend der Tat.

»Nein, haben wir nicht, weil sie uns eine SMS geschrieben hat. Eine SMS, in der gestanden hat, dass sie bei dieser Isa übernachten wird, wegen diesem Schönheitswettbewerb ... Die Uschi hat immer wieder bei Freundinnen geschlafen, das war nichts Ungewöhnliches oder Neues für uns. Insgeheim hab' ich zwar vermutet, dass sie in Wirklichkeit bei ihrem Manager ist, aber was hätt' ich denn tun sollen, das Mädel ist erwachsen.«

Ein schrecklicher Moment der Stille entsteht, als beiden bewusst wird, dass die Sophie gerade von ihrer toten Tochter in der Gegenwart gesprochen hat. Noch schlimmer wird es, als sie sich tränenerstickt ausbessert: »War ... das Mädel war erwachsen.«

Bei all der Trauer und Beklommenheit, etwas lässt den Friedrich nicht aus, ein Gedanke, den er nicht genau definieren kann. Bis er auf sein Handy blickt, das auf seinem Schreibtisch liegt.

»Kollege, hat man bei der Herzigmann Ursula ein Handy gefunden?!«, ruft er seinem jungen Kollegen zu, ohne darüber nachzudenken, ob das die Mutter der Toten belasten könnte.

Der schüttelt sofort den Kopf. Wie erwartet, weiß er über jedes Detail des Falles Bescheid, da er nur darauf wartet, in die Ermittlungen einbezogen zu werden.

Doch den Gefallen tut der Friedrich ihm nicht, weil er den überehrgeizigen Kerl einfach nicht besonders leiden kann und er außerdem jemanden braucht, der sich, während die Michi Mörderisch und er auf Mörderjagd sind, um die alltäglichen Verbrechen in Sankt Lindenbaum kümmert, also Parksünder und Schnellfahrer straft, Nachbarschafts- und Wirtshausstreitereien schlichtet und Ähnliches. Das, was der Friedrich sonst eben auch so macht.

»Nein, Chef, kein Handy«, bestätigt der Jungspund die Vermutung vom Fesch.

»Du bist dir sicher, dass die Uschi ihr Handy zum Joggen mitgenommen und dir diese SMS geschickt hat, Sophie?«, geht der Inspektor auch in diese Richtung noch mal sicher.

»Ich kann dir die SMS zeigen«, die Herzigmann Sophie kramt in ihrer Handtasche, »außerdem hat die Uschi gar nichts ohne ihr Handy gemacht. So, wie alle jungen Leute heutzutage das halt tun.«

Es dauert dann ein bisserl, bis der Friedrich die SMS zu Gesicht bekommt:

schlafe bei isa. haben noch für die wahl geprobt. macht euch keine sorgen um mich. bussi uschi ☺

»Hast du das Handy am Dienstag den ganzen Abend angehabt?«, möchte der Friedrich von der Sophie nun wissen.

Die nickt. »Sicher, ich dreh' mein Handy eigentlich gar nicht mehr ab. Schon überhaupt nicht, wenn die Kinder alleine unterwegs sind. Die SMS von der Uschi, die hat mich aufgeweckt, weil ich am Dienstag schon recht früh schlafen gegangen bin. Ich wollt' mir am Mittwoch doch ein neues Dirndl für die Fronleichnamsprozession kaufen und davor noch die Tiere versorgen. Dass ich durch die SMS munter geworden bin, daran kann ich mich ganz genau erinnern. Ich hab' sie gelesen und dann weitergeschlafen, weil ich ja gedacht hab', dass es der Uschi gut geht.« Erneut bricht die Mutter der Toten in Tränen aus.

Der Friedrich zwirbelt indessen seinen Schnauzer, während er die letzten Worte der Uschi wieder und wieder liest, weil er seinen Augen einfach nicht traut.

Viel weniger als das, was das Mädel da geschrieben hat, beunruhigt ihn nämlich die Uhrzeit, zu der es das angeblich getan hat. Um 2:10 Uhr, also eigentlich schon am Mittwoch, hat die Sophie die Botschaft ihrer Tochter erhalten. Um 2:10 Uhr war die Uschi aber schon zirka vier Stunden tot, wenn die Frau Doktor Weißinnger und die Gerichtsmediziner sich nicht komplett geirrt haben.

Und dass das der Fall ist, das bezweifelt der Friedrich sehr stark.

Kapitel 14

»Guten Morgen, Herr Fesch, die beruhigende Nachricht zuerst, um den Herzigmann Johann müssen wir uns keine Sorgen machen.«

Die Mörderisch kommt mit einem Schwung zur Tür herein, dass dem Friedrich fast schwindelig wird. Bevor er einen Kommentar zu ihrer Aussage abgeben kann, plaudert sie weiter.

»Er hat die Zenzinger Jessy gestern angerufen und ihr lang und breit erklärt, warum er gerade überhaupt keinen Bock auf Sankt Lindenbaum und damit zwangsläufig auch nicht auf seine Freundin hat. Anscheinend leidet er so unter dem Tod seiner Schwester, dass er erst einmal weg von hier musste, vor allem auch, weil seine Eltern und sein Bruder momentan komplett neben sich stehen und ihn das ganz depressiv macht, so hat es mir zumindest die Jessy erklärt. Die Beziehung ist also nicht gescheitert, sondern für einige Tage beziehungsweise Wochen, darauf wollte sich der Johnny nicht festlegen, auf Eis gelegt. Wobei die Jessy natürlich hofft, dass ihr Freund spätestens zum Ursula-Herzigmann-Begräbnis wieder da ist. Sie …«

»Und wo ist er jetzt?«, schießt der Friedrich rasch dazwischen, weil er eigentlich, bei aller Liebe zur Jessy, nicht unbedingt an den Beziehungsdetails der beiden jungen Leute interessiert ist, sondern einfach nur wissen möchte, wo der Herzigmann Johann abgeblieben ist.

»Er ist seinem Cousin nachgefahren, diesem Günther …«

Wieder unterbricht der Fesch die Mörderisch: »Das ist der mit dem Biker-Treffen, hab' ich recht?«

»Genau«, bestätigt die Kriminalbeamtin, »anscheinend ist der Johnny, was einem bei einem Mechaniker nicht wirklich wundert, ein begeisterter Motorradfahrer wie sein Cousin, und nachdem er sowieso mit dem Gedanken gespielt hat, an diesem Treffen in Deutschland teilzunehmen, ist unser Nachbarland jetzt, in dieser schrecklichen Situation, wohl der beste Zufluchtsort für ihn. Ich kann mir schon vorstellen, dass die Stimmung im Hause Herzigmann zurzeit äußerst deprimierend ist. Wenn man mit so was nicht umgehen kann, ist Abhauen wahrscheinlich wirklich die beste Lösung. Ich würd' es vermutlich genauso machen.«

Der Friedrich rückt seine Brille zurecht und meint dann scharf: »Ein bisserl egoistisch ist das vom Johnny halt schon, meinen S' nicht auch? Grad ist seine Mutter, die Sophie, gegangen. Sie war hier, um ihre Aussage zu machen, wenn man so sagen will. Ich glaub', sie könnt' die Unterstützung ihres zweiten Sohnes ganz gut vertragen. Dass der Norbert mittlerweile körperlich und seelisch am Ende ist, das hab' ich Ihnen ja ohnehin schon erzählt ... Aber es mag schon sein, dass ich das als Außenstehender nicht fair beurteilen kann. In einen Menschen reinschauen kann man ja nicht. Wenn der Johnny die Sache anders nicht packt, ist es wohl in Ordnung so.«

Die Mörderisch hat sich einen schwarzen Kaffee gemacht und schüttet sich das Gebräu wie immer in einem Zug hinunter. Dem Friedrich rollt's schon allein beim Zusehen die Zehennägel auf. Nachdem sie ihren Koffeinpegel wieder ins Lot gebracht hat, fragt die Kriminalbeamtin neugierig: »Und, sagen Sie schon, hat die Frau Herzigmann Ihnen etwas erzählt, das wir noch nicht wussten? Gibt's was Neues?«

Diesen Moment muss der Herr Fesch jetzt doch ein wenig auskosten. Er zwirbelt also ausführlich seinen Bart, nämlich genau so lange, bis er merkt, dass die Michi Mörderisch kurz vorm Zerplatzen ist, dann sagt er: »Wie's aussieht, hat unser

Mörder nach vollbrachter Tat eine SMS geschrieben, und zwar an die Herzigmann Sophie, im Namen ihrer Tochter. Also, die Sophie denkt halt, dass die SMS von der Uschi gekommen ist, nur ist die dummerweise zu dem Zeitpunkt, als – wer auch immer – die SMS weggeschickt hat, schon eine ganze Weile tot gewesen. Ich hab' der Sophie aber nichts davon erzählt, damit sie sich keine Gedanken darüber oder etwa gar Vorwürfe macht. Sie ist ohnehin komplett fertig mit den Nerven.«

Die Mörderisch hat jetzt wieder diesen skeptischen Gesichtsausdruck, den der Friedrich schon einige Male bei ihr gesehen hat.

»Kann es nicht sein, dass die SMS einfach verspätet zugestellt wurde? So was ist mir auch schon passiert. Ich hab' eine Nachricht geschrieben, und der Empfänger hat sie mit einer nicht unerheblichen Verzögerung erhalten. So was kommt schon mal vor.«

Nun schüttelt der Friedrich vehement den Kopf. »Nein, ich bin mir ganz sicher, dass diese SMS von Uschis Mörder geschrieben worden ist. Mein Bauch schreit förmlich: Achtung! Falle! Glauben Sie mir, diese SMS hat jemand verfasst, als die Uschi schon tot gewesen ist, wahrscheinlich, um Zeit zu gewinnen, um zu verhindern, dass die Herzigmanns nach ihrer Tochter suchen, und dieser jemand hat das so überzeugend gemacht, dass Ursulas eigene Mutter die Nachricht für echt hält.«

»Also muss es eine Person gewesen sein, die unsere Tote gut gekannt hat«, übernimmt die Mörderisch, »vorausgesetzt natürlich, Ihr Bauch hat recht.«

»Liebe Frau Mörderisch, damit eines klar ist«, entgegnet der Friedrich mit einem Schmunzeln im Gesicht, »mein Bauch, so flach und unscheinbar er auch ist, der hat grundsätzlich, zu hundert Prozent, immer recht.«

*

»Wir haben ein Ergebnis, was den Turnschuh angeht.«

Die Mörderisch, die mittlerweile vom Friedrich über jedes Detail des Gespräches mit der Herzigmann Sophie in Kenntnis gesetzt worden ist, knallt den Hörer auf die Gabel – so ganz hat sie sich immer noch nicht an dieses altmodische Telefon gewöhnt – und wendet sich dem Friedrich zu.

»Den Sportschuh, den wir am See gefunden haben?«, fragt der etwas überflüssig nach, was die Kriminalbeamtin auch geflissentlich übergeht. Stattdessen antwortet sie nur: »Man hat das Blut zweier Personen darauf gefunden, eines Mannes und einer Frau.«

Der Friedrich rückt seine Brille zurecht. »Lassen Sie mich raten? Das Blut vom Levin und der Uschi?«

»Der Kandidat erhält hundert Punkte und leider keine neue Waschmaschine«, erwidert die Mörderisch grinsend, »einfach, weil das jetzt nicht besonders schwierig zu erraten war.«

»Schaut nicht unbedingt gut aus für den Levin«, murmelt der Herr Fesch, während er seinen Schnauzer zwirbelt. »Das Blut einer Toten an den Schuhen zu haben, macht einen immer irgendwie verdächtig. Ich könnt mir gut vorstellen, dass er die Uschi am Dienstag vor Fronleichnam wieder einmal gestalkt hat, ihr gefolgt ist, als sie joggen gegangen ist. Am Marterl unterm Lindenbaum haben die zwei dann eine Auseinandersetzung gehabt. Vielleicht hat die Uschi versucht, dem Burschen zu verklickern, dass sie absolut nichts mit ihm zu tun haben will und dass er sie endlich in Ruhe lassen soll. Dem Levin ist daraufhin das Häferl übergelaufen, es ist zu einer körperlichen Auseinandersetzung gekommen. Die Uschi bricht ihm, als sie sich wehren will, die Nase, er erschlägt sie mit einem stumpfen Gegenstand. Dann nimmt er das Handy seines Opfers und flüchtet hastig, so überstürzt und wahrscheinlich auch traumatisiert, dass er sein Fahrrad zurücklässt und seinen Turnschuh verliert. Irgendwann kommt er dann drauf, dass die Uschi jemandem abgehen könnte, weshalb er ihrer Mutter diese SMS schickt, bevor er sich in den Wäldern rund um Sankt Lindenbaum versteckt. Außerdem ist er so fertig, weil er die Uschi umgebracht hat, dass er sich das Wort *sorry* in den Arm ritzt, etwas einwirft und sich danach in selbstmörderischer Absicht auf die Straße legt.«

»Sagt Ihnen das Ihr Bauch?«, fragt die Michaela Mörderisch, wieder diesen skeptischen Blick gen Friedrich gerichtet, nach.

»Eventuell«, entgegnet der Friedrich knapp.

Die Kriminalbeamtin runzelt die Stirn.

»Sie vergessen aber zwei Dinge. Erstens: Wo ist diese Isa, die sich angeblich mit der Uschi getroffen hat, während sich das so abspielt? Zweitens: Woher hat der Levin einen rosafarbenen stumpfen Gegenstand, wenn er mit dem Rad unterwegs zu seiner Angebeteten ist?«

»Na ja, wenn wir davon ausgehen, dass der Levin das alles lange geplant hat – darauf würde immerhin die Nachricht auf seinem Spiegel hindeuten –, dann wäre es doch gut möglich, dass er die Tatwaffe in einem Rucksack oder so mitgenommen hat. Diese Isa hat er eventuell als Köder benutzt und sie ebenfalls ausgeschaltet, wir sollten also überprüfen, ob sie vermisst wird«, meint der Herr Fesch.

»Das wäre doch längst zu uns durchgedrungen, denken Sie nicht? ... Wissen Sie, welcher Gedanke mir gekommen ist? Diese Isa, das könnte doch unter Umständen dieselbe junge Dame sein, die Titus David Pluzer alias Dave uns als die vermeintlich größte Konkurrentin der Uschi präsentiert hat. Isolde – Isa ...« Die Mörderisch geht zur Kaffeemaschine, um sich eine weitere Dosis Koffein einzuverleiben.

»Herrschaftszeiten, daran hab' ich ja noch gar nicht gedacht«, entfährt es dem Friedrich. »Sie meinen also, dass die zwei möglicherweise gemeinsame Sache gemacht haben? Der frustrierte, weil nicht gegengeliebte Bürgermeister-Spross und die eifersüchtige, weil nicht ganz so schöne Schönheitswettbewerbs-Teilnehmerin?«

»Wäre doch möglich. Vielleicht gibt es ja eine Verbindung zwischen den beiden, die wir bis jetzt übersehen haben? Auf alle Fälle sollten wir schleunigst herausfinden, wie diese Isolde mit Nachnamen heißt und ob sie dieselbe Person ist wie die Joggingbegleiterin der Uschi. Nachdem die beiden jungen Damen sich aber gemeinsam auf diese Wahl vorbereiten wollten, könnt' ich mir das echt gut vorstellen.« Erneut trinkt die Kriminalbeamtin ihren Kaffee schneller als die Polizei erlaubt, eben genauso, wie sie Auto fährt.

Friedrich schaut ziemlich skeptisch drein. »Ja, aber wie passt das denn zusammen? Wenn diese Isolde die arme Uschi wirklich so sehr schikaniert hat, wie ihr Manager uns das weismachen wollte, warum hätt' die Ursula sich dann freiwillig mit ihr zu gemeinsamen Vorbereitungen auf diesen Wettbewerb treffen sollen?«

»Sie haben wirklich keine Ahnung vom weiblichen Geschlecht, Herr Kollege«, erwidert die Mörderisch kopfschüttelnd, »und von den Waffen einer Frau. Die Uschi war ja anscheinend, wenn ich den Erzählungen über sie Glauben schenken darf, ein besonders liebenswerter, umgänglicher, sozialer Mensch. Ich könnt' mir also vorstellen, dass sie sehr unter den Spannungen zwischen ihr und dieser Isolde gelitten hat und heilfroh gewesen ist, dass die vermeintlich harte Konkurrentin ihr ein Friedensangebot macht. Wenn diese Isolde eine Ausgefuchste ist, war es für sie sicher ein Leichtes, die etwas naive, blauäugige Herzigmann Ursula zu manipulieren … Nehmen wir also an, dass diese Isolde und unser Levin eine Verbindung zueinander hatten und dass sie gemeinsame Pläne geschmiedet haben, um die Ursula loszuwerden. Isolde, wie auch immer sie mit Nachnamen heißt, lockt ihre Gegnerin zum Tatort, dort wartet schon der Liguster Levin, und im Teamwork bringen sie ihr Opfer um die Ecke. Danach tickt der Unterlindenbaumer Bürgermeister-Sprössling allerdings aus, vielleicht, weil er doch nicht so hart ist, wie er gedacht hat. Er verletzt sich selbst und beschließt, sich das Leben zu nehmen. Möglich wäre natürlich auch, dass er das ohnehin von Anfang an geplant hat. So eine Art Amoklauf im Kleinen eben. Nach dem Motto: Ich töte mich und meine für mich unerreichbare Angebetete, damit wir zumindest im Jenseits zusammen sein können ... Wie auch immer, feststeht, dass wir diese Isa beziehungsweise Isolde, ich gehe davon aus, dass es sich um ein und dieselbe Person handelt, finden müssen.«

»Das wird nicht allzu schwierig sein«, meint der Friedrich trocken, dann greift er nach dem Hörer seines geliebten altmodischen Telefons, um seine Verbindungen spielen zu lassen.

*

»Sagen Sie, ist in diesem Kaff denn wirklich jeder mit jedem verwandt?«

Die Mörderisch schüttelt ungläubig den Kopf.

»Sie vergessen, dass es sich in diesem Fall um Unterlindenbaum handelt, nicht um Sankt Lindenbaum«, belehrt der Friedrich seine Kollegin. »Und nein, in Dörfern wie unserem ist nicht jeder mit jedem verwandt, so ein dummes Klischee aber auch. Nur, weil bei euch in der Stadt keiner den anderen kennt.«

»Dass diese Isolde ebenfalls Liguster mit Nachnamen heißt, ist aber nicht nur ein Zufall, nehme ich an«, beißt die Kriminalbeamtin zurück.

»Ähm, nein, ist es nicht, sie ist Levins Kusine«, antwortet der Herr Fesch kleinlaut, »trotzdem heißt das noch lange nicht, dass bei uns jeder irgendwie mit dem anderen verwandt oder verschwägert ist.«

Die Mörderisch macht eine wegwerfende Handbewegung. »Egal, auf alle Fälle unterstützt das unsere Theorie. Cousin und Kusine machen gemeinsame Sache, um die Herzigmann Ursula für immer loszuwerden, das klingt doch gar nicht so unwahrscheinlich. Worauf warten wir also noch? Statten wir dieser Isolde einen Besuch ab!«

»Das wird jetzt ein bisserl schwierig werden«, bremst der Friedrich die Euphorie seiner Kollegin. »Außer natürlich, Sie haben Lust auf eine längere Autofahrt, was ich mir in Ihrem Fall sogar vorstellen könnte. Die Isolde Liguster ist nämlich seit Anfang der Woche in Urlaub. Ich hab' vorhin am Telefon mit ihrem Vater gesprochen. Er meint, dass sie mit Freundinnen nach Italien gefahren ist und erst in ein paar Tagen wieder nach Hause kommt ... Ah ja, bevor ich's vergesse, soweit der Herr Liguster, also nicht der Bürgermeister, sondern der Vater dieser Isolde, das beurteilen kann, ist Isa nicht der Spitzname seiner Tochter. Sie besteht anscheinend schon seit einigen Jahren darauf, Bella genannt zu werden, weil sie den Namen Isolde so furchtbar findet und meint«, der Polizeibeamte verdreht die Augen, »dass Bella besser ihr Inneres zum Ausdruck bringt ... irgend so einen Schmarren hat ihr Vater mir erzählt.«

»Bella, die Schöne, wie passend«, schnaubt die Mörderisch. »Ich werd' aus euch Landleuten einfach nicht schlau. Als wär' ich in einer einzigen, großen Seifenoper gelandet, so kommt mir das hier vor. Bella, das darf doch nicht wahr sein. Und warum hat der Titus David Pluzer sie dann Isolde genannt?«

»Weil sie sich unter ihrem richtigen Namen zu diesem Schönheitswettbewerb anmelden musste?«, mutmaßt der Friedrich.

Die Kriminalbeamtin zuckt mit den Schultern. »Wie auch immer, wie's aussieht, müssen wir uns, was den Mord an der Herzigmann Ursula angeht, eine andere Theorie suchen.«

»Ich konzentriere mich jetzt erst mal darauf herauszufinden, wer diese Isa wirklich ist«, meint der Friedrich frustriert.

Jetzt nickt die Mörderisch, der die Enttäuschung ebenfalls deutlich anzumerken ist. »In Ordnung, dann ruf' ich einstweilen im Spital an und erkundige mich, wie's um den Liguster Levin steht. Sobald er ansprechbar ist, sollten wir ihm unbedingt einen Besuch abstatten.«

»Allerdings, das sollten wir«, ist alles, was dem Friedrich dazu einfällt.

*

Weil es natürlich weder in Sankt Lindenbaum noch in Unterlindenbaum ein Krankenhaus gibt, dauert die Fahrt ins nächste Spital um einiges länger, als dem Friedrich eigentlich lieb ist. Während der Inspektor sich wieder einmal an den Haltegriff über dem Beifahrersitz klammert und, so gut es geht, die Natur, die an ihm vorbeischießt, in sich einsaugt, denkt er über den Fall nach. Leider hat er noch immer keinen blassen Schimmer, wer diese ominöse Isa ist, mit der die Uschi sich kurz vor ihrem Tod angeblich getroffen hat, und auch sonst sind in seinen Augen viel zu viele Fragen offen:

Wer hat in der Mordnacht diese trügerische SMS an die Herzigmann Sophie geschrieben?

Welchen pinkfarbenen Gegenstand hat man zur Tatwaffe umfunktioniert?

Warum musste die Uschi überhaupt so einen grausamen, viel zu frühen Tod sterben?

Wie ist das Blut des Mordopfers auf Levin Ligusters Turnschuh gekommen?

Hat er tatsächlich seine Angebetete auf dem Gewissen?

Wenn ja, hat er das ganz alleine hinbekommen, oder gibt es Komplizen?

Ist es doch möglich, dass seine Kusine etwas mit der Sache zu tun hat?

»Hallo, Erde an Herrn Fesch, hören Sie mich?!«, reißt die Mörderisch ihren Kollegen aus seinen grüblerischen Gedanken.

»Was? Also, wie bitte?«, fragt der entgeistert nach.

Multitasking ist noch nie eine seiner Stärken gewesen – zuhören und nachdenken gleichzeitig, das ist schon ein bisserl viel verlangt.

»Ich wollt' nur wissen, was Ihnen der Verantwortliche dieses Schönheitswettbewerbes, mit dem Sie vorhin telefoniert haben, sonst noch alles erzählt hat«, wiederholt die Kriminalbeamtin geduldig ihr Anliegen.

Der Friedrich sammelt sich einen Moment, dann erwidert er: »Nicht besonders viel. Ich hab' ihn danach gefragt, ob eine Isa oder Isabella unter den Teilnehmerinnen des Wettbewerbs ist, das hat er aber, wie schon erwähnt, sofort verneint. Die Einzige, die seines Wissens nach vom Namen her in diese Richtung gehen könnte, ist die Isolde Liguster. Insgesamt sind zehn Mädchen an der Misswahl beteiligt. Diese zehn hat die Jury aus insgesamt dreißig Bewerberinnen herausgepickt, angeblich nach sehr strengen Kriterien.«

»Dreißig Bewerberinnen?«, fragt die Mörderisch erstaunt nach. »Gibt's so viele fesche junge Frauen hier in der Gegend?«

»Na ja, das Einzugsgebiet der *Lindenblüten*-Wahl ist größer, als man denkt. Nicht nur Mädchen aus Sankt Lindenbaum und Unterlindenbaum können daran teilnehmen, sondern alle, die in unserem Tal leben. Das umfasst doch einige Dörfer und Marktgemeinden, das dürfen Sie nicht unterschätzen, Frau Kollegin. Außerdem sind die Frauen bei uns wirklich außerordentlich gut aussehend.«

Die Mörderisch übergeht diese Bemerkung ihres Kollegen, wahrscheinlich, weil sie gerade an die Martha Tupfinger denken muss, das fällt dem Friedrich, der bereits weitererzählt, aber gar nicht auf: »Also, diese zehn Bewerberinnen, von denen eine die Herzigmann Uschi war, sind angeblich ganz außergewöhnliche junge Frauen: fesch, intelligent, sympathisch und überhaupt nicht zickig. Von Spannungen zwischen den Teilnehmerinnen dieses Schönheitswettbewerbes kann angeblich überhaupt keine Rede sein. Ich hab' angekündigt, dass wir zum nächsten Probentermin vorbeikommen werden, um sie alle auf einmal zu erwischen. Ich würd' mir gern vor Ort ein Bild davon machen, wie es mit den zwischenmenschlichen Beziehungen in diesem Fall tatsächlich aussieht, Sie verstehen, was ich meine?«

Die Michi Mörderisch nickt und murmelt: »Kann sein, dass ich Vorurteile habe, aber zehn überaus fesche Mädels, die um den wahrscheinlich heiß begehrten Titel der *Lindenblüte* kämpfen und das ohne die geringste Spur von Zickereien, das kann ich mir beim besten Willen nicht vorstellen. Wann ist denn diese nächste Probe, und was passiert mit dem durch den Tod der Herzigmann Ursula frei gewordenen Platz?«

»Die Probe ist morgen Vormittag«, antwortet der Friedrich wie aus der Pistole geschossen, dann macht er eine kurze Pause, bevor er auch auf die zweite Frage der Kriminalbeamtin eingeht, »und die Sache mit dem frei gewordenen Platz ist besonders spannend. Durch den Mord an der Uschi rückt jetzt nämlich eine der zwanzig ursprünglich abgelehnten Bewerberinnen nach. Es gibt also zumindest eine junge Frau, die in diesem Fall tatsächlich vom Ableben der Uschi profitiert.«

»Wenn man bedenkt, dass die Ursula Herzigmann anscheinend so was wie die Favoritin dieser Veranstaltung war, gibt es sogar zehn junge Frauen, die in diesem Fall tatsächlich von ihrem Ableben profitieren«, kontert die Mörderisch nüchtern.

»Da haben Sie natürlich auch wieder recht«, meint der Herr Fesch, während er mit der linken Hand seinen Schnauzer zwirbelt – die andere umklammert ja immer noch den Haltegriff über dem Beifahrersitz.

»Dieser Verantwortliche, mit dem Sie telefoniert haben, hat der sich irgendwie über die Favoritenrolle der Uschi geäußert oder erwähnt, dass unser Mordopfer versucht hätte, die Wahl mit unlauteren Mitteln zu gewinnen?«

Die Kriminalbeamtin nutzt den längeren kurvenfreien Straßenabschnitt, der sich gerade überraschend vor ihnen auftut, um das Gaspedal so richtig durchzutreten, was dazu führt, dass der Friedrich unvermittelt in den Sitz gedrückt wird.

Er schnappt kurz nach Luft, bevor er antwortet: »Sie meinen, das Gerücht, das uns die Tupfinger Martha gesteckt hat? Nein, davon war keine Rede, allerdings hab' ich ihn auch nicht dezidiert darauf angesprochen. Das hab' ich mir für morgen aufgehoben. Dass die Uschi drauf und dran war, die Wahl zu gewinnen, hat er aber schon durchklingen lassen. Besonders überraschend find' ich das allerdings nicht. Die Uschi war ja wirklich eine Naturschönheit, zumindest, bis ihr jemand so brutal den Schädel eingeschlagen hat.«

»Muss ganz schön frustrierend für die anderen Schönheitswettbewerbs-Teilnehmerinnen gewesen sein, dieser Gedanke, dass die Gewinnerin der Wahl eigentlich eh schon feststeht«, raunt die Michi Mörderisch leise.

Der Friedrich rückt seine Brille zurecht, überlegt einen Moment und meint dann nickend: »Allerdings, das muss es.«

Kapitel 15

Als die Mörderisch und der Fesch die Eingangshalle des Spitals betreten, wird Letzterem wieder einmal kotzübel. So geht es ihm immer, wenn er in ein Krankenhaus kommt. Seit er als ziemlich kleiner Bub seinen heiß und innig geliebten Opa verloren hat, verbindet er mit Spitälern einfach nichts Gutes. Heute, als Erwachsener, sagt die Vernunft ihm natürlich, dass weder das Krankenhaus noch die darin Beschäftigten damals etwas dafür gekonnt haben, dass sein Großvater nach diesem schrecklichen Jagdunfall verblutet ist, aber diese Assoziation, die bleibt, Vernunft hin oder her, wahrscheinlich ein Leben lang.

Es dauert eine Weile, bis das Gesicht des Herrn Fesch wieder seine ursprüngliche Farbe annimmt. Als der Polizist und die Kriminalbeamtin endlich die richtige Station gefunden haben, ist alles wieder im grünen Bereich.

Die Mörderisch zieht ihre Dienstmarke und geht auf die erstbeste Krankenschwester zu, die ihnen über den Weg läuft.

»Kriminalpolizei, Michaela Mörderisch mein Name, das hier ist mein Kollege Friedrich Fesch.«

Sowohl die Mörderisch als auch der Fesch ignorieren das Schmunzeln, das über das Gesicht der Krankenschwester huscht. Ruhig fährt die Kriminalbeamtin fort: »Ich hab' vorhin angerufen. Mein Kollege und ich hätten gerne den Levin Liguster vernommen. Am Telefon wurde mir gesagt, dass das in Ordnung geht.«

Die Krankenschwester schaut ein bisserl skeptisch, als sie erwidert: »Na ja, in besonders gutem Zustand ist der Herr Liguster noch nicht. Er ist zwar seit etlichen Stunden wieder bei Bewusstsein, aber bei Weitem nicht belastbar, eher ziemlich labil. Sie können sicher kurz zu ihm reinschauen, aber ich muss Sie bitten, auf ihn und seinen Gesundheitszustand Rücksicht zu nehmen!«

»Aber natürlich«, presst die Mörderisch unter größter Anstrengung betont freundlich hervor, weil ihr der oberlehrerhafte Tonfall der Krankenschwester gewaltig gegen den Strich geht.

Der Friedrich, der die bedenklichen Schwingungen zwischen den beiden Damen genau spürt, beschließt, so zu tun, als wäre er gar nicht anwesend. Damit fährt man als Mann, in seinen Augen, in Situationen wie diesen am besten.

»Zimmer fünf.« Die Krankenschwester deutet auf einen Raum am linken Ende des langen Flurs.

Die Michi Mörderisch ringt sich ein »Danke!« ab und marschiert dann resolut auf Zimmer fünf zu. Im Gegensatz zu ihrem Kollegen scheint sie nicht das geringste Problem mit Krankenhäusern zu haben. Umso erstaunter ist der Inspektor, als die Kriminalbeamtin ihn plötzlich in eine Nische zieht und ihm unmissverständlich deutet, still zu sein. Es dauert einen Moment, bis er versteht, was der Grund für dieses unerwartete Manöver ist.

»Ich sag' dir, er war's, Lorenz … Er hat die Herzigmann Ursula umgebracht und dann versucht, sich selbst etwas anzutun … Würd' dich das wundern? Er ist ihr doch schon seit Jahren hoffnungslos verfallen … Unser Sohn, ein Mörder, wir hätten das verhindern müssen!«

»Psst, sei still, Nadja, und reiß dich zusammen! Du darfst nie wieder, hörst du, nie wieder so etwas sagen, ganz egal, was in der nächsten Zeit auf uns zukommt! Das darf einfach nicht sein! Der Sohn des Unterlindenbaumer Bürgermeisters ein Mörder? So was geht doch nicht!«

»Bürgermeister, Bürgermeister, Bürgermeister! Es dreht sich wieder einmal alles nur um dich! Ich kann dein selbstgefälliges Gerede schon gar nicht mehr hören! Da drin liegt unser Junge, völlig aufgelöst, am Boden zerstört, nur knapp dem Tod entronnen, und du hast nichts Besseres zu tun, als dir über deinen Ruf Sorgen zu machen?!«

»Schluss jetzt, Nadja, ich warne dich!«

Die Mörderisch und der Fesch gehen in Deckung, als der Unterlindenbaumer Bürgermeister und seine Frau an ihnen vorbeieilen. Zum Glück sind die beiden so mit sich selbst beschäftigt, dass sie weder den Sankt Lindenbaumer Polizisten noch die Kriminalbeamtin aus der Stadt bemerken. Während der Mutter ihres Verdächtigen Tränen übers fahle Gesicht laufen, ist das Antlitz ihres wutentbrannten Ehemannes stark gerötet.

In guten wie in schlechten Zeiten, denkt der Friedrich unwillkürlich. Inwiefern das funktioniert, darüber kann er selbst ja eine halbe Oper singen. Sein Glaube an die glückliche immerwährende Ehe, der ist schon lange gestorben.

»Die Luft ist rein«, flüstert Michi Mörderisch, als die Ligusters im Krankenhausaufzug verschwunden sind. Auch so etwas, das der Friedrich nicht leiden kann. Viel zu stickig und bedrohlich eng sind ihm die Dinger.

»Jetzt bin ich aber wirklich sehr gespannt darauf, was uns der Levin zu berichten hat«, meint die Kriminalbeamtin, während sie die letzten Schritte auf Zimmer fünf zu macht, »nach dem, was da gerade abgelaufen ist.«

Gespannt, ja, das ist der Friedrich auch. Sogar mehr als gespannt.

*

Der Levin schaut aus, als hätt' ihn ein Elefant geknutscht. Sein Gesicht spielt alle Farben, gleichzeitig aber ist er weiß wie die Wand des wenig einladenden Spitalszimmers. Dazu die bedrohlich dunklen Ringe unter den Augen. Wie ein Dreiundzwanzigjähriger wirkt er wirklich nicht, im Moment hätte man ihm mindestens zwanzig bis dreißig Jährchen mehr gegeben.

Als die Mörderisch und der Fesch den Raum betreten, löst der junge Mann kurz seinen starren Blick von der Zimmerdecke, geht dann aber wieder dazu über, diese mit seinen Augen zu fixieren. Der Friedrich erwischt sich dabei, wie er selbst auch hinaufschaut, um sicherzugehen, dass sich dort oben nicht etwas abspielt, das man gesehen haben müsste. Aber natürlich ist da nichts, gar nichts.

»Herr Liguster, Mörderisch mein Name, Michaela Mörderisch«, die Kriminalbeamtin zieht erneut ihren Ausweis, um ihn dem Verdächtigen unter die Nase zu halten. »Den Herrn Fesch kennen Sie?«

Keine Reaktion, nicht die geringste.

Der Angesprochene tut so, als ob die Mörderisch Luft wäre, etwas, das niemandem leichtfallen kann. Eine Frau wie sie ist nur schwer zu übersehen, und ihre natürliche Autorität zieht einen, ob man will oder nicht, ganz automatisch in ihren Bann. Der Friedrich geht davon aus, dass der Liguster-Sprössling in einem ernst zu nehmend schlechten Zustand ist.

»Herr Liguster, wir wissen, dass Ihnen Schreckliches widerfahren sein muss, aber um herauszufinden, was genau passiert ist und wer dafür zur Rechenschaft gezogen werden sollte, müssen Sie uns helfen«, gibt die Michi Mörderisch nicht auf. »Wer immer Ihnen das angetan hat, soll doch dafür seine gerechte Strafe bekommen.«

Sie stellt ihn als Opfer hin. Gar keine schlechte Idee, denkt der Herr Fesch, während er seine Brille zurechtrückt und den Levin dabei beobachtet, wie er weiterhin den Plafond fixiert.

»Herr Liguster, bitte, wir vertrauen auf Ihre Hilfe, auf Ihre Kooperationsbereitschaft, nur so können wir denjenigen finden, der für diese Sache verantwortlich ist«, versucht es die Kriminalbeamtin in ihrem melodischen Sopran leise weiter.

Der Friedrich muss sich zusammenreißen, um das Schauspiel nicht durch eine scharfe, direkte Ansage zu stören, dieses Trara, dieses vorsichtige, psychologisch wertvolle Vorgehen, das ist etwas, das gar nicht seinem polizeilichen Naturell entspricht. Sie haben wahrscheinlich einen Mörder vor sich, diesen mit Samthandschuhen anzufassen, damit er zur Kommunikation mit ihnen bereit ist, widerstrebt ihm.

Mordverdächtiger, nicht Mörder!, weist sein Gewissen den Friedrich zurecht.

»Also, Herr Liguster, seien Sie doch so freundlich und reden Sie mit uns! Es ist von größter Bedeutung, dass wir herausfinden, wer daran schuld ist, dass Sie jetzt in diesem bedauerlichen Zustand sind. Schon alleine, damit wir ausschließen können, dass Sie weiterhin in Gefahr schweben, müssen wir wissen, wer hinter dem Ganzen steckt«, versucht die Mörderisch es nun auf eine andere Art.

Doch auch das ist, wie Friedrichs Vater es wahrscheinlich bezeichnet hätte, für die Fisch'. Eines beweist der Liguster Levin nämlich gerade äußerst anschaulich, wenn er keine Lust hat, sich zu bewegen oder auch nur zu blinzeln, dann zieht er diese absolute mumienhafte Starre konsequent durch. Allerdings täte das vielleicht jeder andere in seiner Lage genauso.

Möglicherweise ist er wirklich komplett traumatisiert, schießt es dem Herrn Fesch durch den Kopf. Doch dann ist da plötzlich, für einen flüchtigen Augenblick, dieser Ausdruck auf dem Gesicht des Liguster-Sprosses, der ihn verrät. Nur einen Moment lang hat er sich nicht unter Kontrolle. Einen Moment, der lange genug dauert, um vom Friedrich bemerkt zu werden.

»Herrschaftszeiten, jetzt stell' dich nicht so an, Levin! Die Uschi ist tot, und sie hat es sich mehr als verdient, dass wir ihren Mörder dafür zur Rechenschaft ziehen, dass er ihr brutal den Kopf eingeschlagen hat! Also, spuck schon aus, was du weißt! Was ist am Dienstagabend passiert, wie kommt ihr Blut auf dein Gewand, warum hast du dein Mountainbike beim See zurückgelassen, den Turnschuh verloren und wie, zum Teufel, bist du in dieser seltsamen Position mit dem Wort *sorry* im Unterarm auf der Straße gelandet?!«, bricht es nun viel zu heftig aus dem Polizisten heraus, was ihm einen äußerst strafenden Blick seiner Kollegin einbringt.

Immerhin, ein Blinzeln ist doch eine beachtliche erste Reaktion.

»Keine Ahnung.« Ein Hauch, ein Flüstern, mehr nicht.

»Wie bitte?«, hakt der Friedrich nach.

»Ich hab' keine Ahnung, was in den letzten Tagen passiert ist.«

Unglaublich, ein vollständiger Satz. Allerdings nicht der, den Friedrich hören wollte.

»Was heißt, du hast keine Ahnung, was in den letzten Tagen passiert ist?!« Friedrichs Stimme wird immer schärfer. Bildet er es sich ein, oder bewegt der Levin den Kopf ein wenig in seine Richtung?

»Mei, sprech' ich Spanisch, oder was?«, presst der nun gequält hervor. »Ich kann mich an nichts erinnern. Überhaupt nichts. Das Letzte, was ich weiß, ist, dass sich die Uschi mit mir treffen wollte. Sie hat mir eine SMS geschrieben. Mehr ist da nicht mehr. Schwarzer Bildschirm. Komplette Leere. Gar nichts.«

Die Mörderisch und der Fesch schauen einander an. Erstere weiß nicht, was sie von dieser Aussage halten soll. Ist der Liguster Levin ein überzeugender Schauspieler, ein theatralisches Naturtalent, oder leidet er tatsächlich unter einer posttraumatischen Amnesie?

»Und, das sollen wir dir jetzt wirklich glauben?!«, schießt der Friedrich, der sich sicher ist, dass er einen begnadeten

Schauspieler vor sich hat, drauflos, weil er schlicht und einfach sauer ist.

So langsam geht ihm dieser ganze Herzigmann-Fall gewaltig auf den Geist. Nichts tut sich, nirgends kommen sie weiter, überall nur tote Enden und Sackgassen, das kann es doch beim besten Willen nicht sein! Außerdem ist er hungrig, und mit einem hungrigen Friedrich Fesch ist grundsätzlich nicht zu spaßen.

»Glauben Sie es oder nicht. Ist mir doch egal«, kommt es beinahe aufmüpfig zurück.

Na warte, Bürscherl, so nicht, denkt der Friedrich, bevor er entgegnet: »In Ordnung, dann warten wir einfach die Ergebnisse der unzähligen medizinischen und psychologischen Untersuchungen ab, die in der nächsten Zeit so auf dich zukommen werden. So eine posttraumatische Amnesie, mit der ist nämlich nicht zu spaßen. Alles Gute, Levin, und viel Glück.«

Der Friedrich dreht sich auf dem Absatz um und verlässt das Krankenzimmer, ohne auch nur ein weiteres Wort von sich zu geben. Seine Kollegin folgt ihm verdattert.

»Was war das jetzt?«, fragt sie leise, als sie Zimmer fünf hinter sich gelassen haben.

»Ich lass' mich doch von so einem jungen Hupfer nicht papierln«, brummt der Friedrich, dem der Ärger überdeutlich anzumerken ist. »Wenn der eine posttraumatische Amnesie aufgerissen hat, dann fress' ich einen Besen! Das ist eine Masche, wahrscheinlich eine, zu der ihm sein sauberer Vater geraten hat.«

»Ich hätt' geglaubt, der Liguster Lorenz ist so ein sympathischer Kerl?«, kann die Mörderisch sich einen zynischen Kommentar nicht verkneifen.

»Das hab' ich bis jetzt auch immer gedacht, aber Sie haben ja gehört, wie er vorhin mit seiner Frau umgegangen ist. Der hat panische Angst, dass diese Sache mit der Uschi und seinem

Sohn ein schlechtes Licht auf ihn werfen könnte, ich trau' ihm durchaus zu, dass er seinem Spross zu diesem plötzlichen, sehr wirkungsvollen Gedächtnisverlust geraten hat. Wer sich an nichts erinnern kann, kann auf keinen Fall etwas Falsches sagen, Sie verstehen, worauf ich hinauswill?«

Der Friedrich rückt mit einem Nachdruck seine Nickelbrille zurecht, wie die Michaela Mörderisch es noch nie bei ihm erlebt hat.

»Und was machen wir jetzt?«, fragt sie schulterzuckend.

»Warten, einfach nur warten. Vertrauen Sie mir! Und geben Sie der netten Krankenschwester von vorhin doch bitte Ihre Karte. Ich könnt' mir vorstellen, dass sie die brauchen wird.«

*

Mit den Worten »Ich lad' Sie auf einen Kaffee ein« hat der Friedrich die Mörderisch in ein hübsches Kaffeehaus gelockt. Wenn man schon mal in der – im Vergleich zu Sankt Lindenbaum großen – Stadt ist, muss man das auch ausnutzen. Jetzt sitzen die beiden auf schicken modernen Edelstahl-Sesseln, umgeben von exotischen Minipalmen in aufregenden Töpfen und jeder Menge Straßenlärm.

»Also, auf Dauer wär' das kein Leben für mich«, murmelt der Herr Fesch, die pastellfarbene Speisekarte in den Händen. »Wie halten Sie's nur tagein, tagaus in der Stadt aus?«

Die Kriminalbeamtin lacht laut auf und legt ihre Karte zur Seite – sie hat bereits eine Entscheidung gefällt.

»Das empfinden Sie schon als zu städtisch? Im Vergleich zu meiner Wohngegend mutet es hier ja beinahe dörflich an. Aber ich kann Sie schon verstehen, wer im grünen Paradies zu Hause ist, der hat wahrscheinlich wirklich keine Sehnsucht nach der Asphalthölle.«

»Von wegen Paradies«, schnaubt der Friedrich. »Wie Sie ja

gerade selbst miterleben, tun sich sogar bei uns zu Hause mörderische Abgründe auf.«

»Na ja, warum sollten auch die Menschen anständiger sein, nur, weil die Luft besser ist«, meint die Mörderisch. »Verbrechen gibt's halt leider überall dort, wo die angebliche Krone der Schöpfung aufeinandertrifft, und das schon seit der Steinzeit. Denken Sie nur an den Ötzi! … Aber zurück zum Thema Stadtleben. Ich bin so aufgewachsen, ich brauch' das einfach. Dieses ständige Pulsieren, die unzähligen Möglichkeiten und Chancen, zu jeder Tages- und Nachtzeit. Ruhe und Müßiggang, nichts außer unberührter Natur, damit komm' ich zwar eine Weile zurecht, aber irgendwann wird's mir halt langweilig.«

Ein junger, topgestylter Kellner tritt an ihren Tisch.

»Haben die Herrschaften schon gewählt?«, fragt er in einem Ton, der irgendwo zwischen Höflichkeit und Snobismus liegt.

»Einen doppelten Espresso und ein mediterranes Baguette bitte«, bestellt die Mörderisch in ähnlichem Tonfall.

»Mir bringen S' bitte ein großes Soda Zitron und einen Schinken-Käse-Toast, junger Mann.« Den Friedrich beeindruckt dieses städtische Gehabe nicht im Geringsten. Er wartet eine Weile, bis der Kellner außer Hörweite ist, und meint dann: »Was denken Sie, ist der Levin unser Mörder?«

Die Kriminalbeamtin zuckt mit den Schultern. »Ich hab' keinen blassen Schimmer. Einerseits ist mir sein Getue vorhin schon sehr seltsam vorgekommen, andererseits glaub' ich fast nicht, dass er der Herzigmann Ursula beinhart den Kopf eingeschlagen hat. Aber, was ich glaube, tut ja nichts zur Sache. Beweise, das ist es, was wir brauchen. Stichhaltige Beweise und, wenn möglich, ein Geständnis. So hätte ich das am liebsten.«

»Tja, wenn's nur so einfach wär'«, der Friedrich seufzt, »aber das ist es halt leider nicht. Ich muss ehrlich gestehen, dass der Levin eine harte Nuss ist. Was ihn angeht, lässt sogar mein Bauchgefühl aus, und auf das kann ich mich normalerweise immer verlassen. Irgendwas weiß er, da bin ich mir ganz sicher, aber ob er derjenige ist, den wir suchen? Das wag' ich auch nicht, mit Ja zu beantworten. Hoffentlich bringt uns das Gespräch mit den Schönheiten morgen weiter. Und den Titus David Pluzer, den müssen wir uns auch noch mal vorknöpfen. Der Mann hat kein Alibi und erscheint mir mindestens so verdächtig wie der Levin.«

Die Mörderisch nickt. »Ich denke auch, dass uns das morgen neue Einblicke liefern wird. Vielleicht handelt es sich ja wirklich nicht um eine Beziehungstat, sondern dieser Schönheitswettbewerb ist der Schlüssel zu dem Ganzen. Aber lassen Sie uns doch für einen Moment den Herzigmann-Fall vergessen! Ich würd' gern einmal ein paar Minuten abschalten, wenn's Ihnen recht ist.«

»Natürlich ist es das. Das wär' dann auch die perfekte Gelegenheit für Sie, mich über Ihr Privatleben zu informieren. Also, wie sieht's aus? Verheiratet? Kinder? Geschieden?«

Die Kriminalbeamtin überlegt eine Weile, holt dann tief Luft und antwortet.

»Nein, nein und noch mal nein. Ich bin weder verheiratet noch geschieden, noch hab' ich Kinder. Mein Problem ist, dass ich leider ständig an die falschen Männer gerate. Kann sein, dass das an meinem ungewöhnlichen Elternhaus liegt, kann aber auch sein, dass ich dem vermeintlich starken Geschlecht nicht schwach und hilfsbedürftig genug bin. Warum auch immer, in mir sieht man anscheinend nicht die Frau zum Heiraten und Kinderkriegen, sondern die, mit der man einige Zeit lang Pferde stehlen kann, bis man sich dann doch nach etwas Ruhigerem umsieht. Aber zum Glück tickt meine innere Uhr noch nicht so laut und schnell, dass mich dieser Zustand zur Verzweiflung bringen würde … Zufrieden?«

Auf einmal kommt die Michi Mörderisch dem Friedrich alles andere als hart und unverwundbar vor, eher sehr zerbrechlich und verletzlich. Ist ihr beinahe übertrieben selbstsicheres Auftreten am Ende also auch nur eine Maske?

»Ich find' starke Frauen schon mein Leben lang beeindruckend«, meint er, um sie zu versöhnen, »aber leider falle ich nicht mehr in Ihre Altersklasse.« Jetzt grinst er verschmitzt, in der Hoffnung, dass sie das auf andere Gedanken bringt.

»Sie sollten sich in Acht nehmen, Herr Fesch, es könnte ja sein, dass ich nach meiner Mutter komme. Die hat sich bekanntlich auch nicht von ein paar Jahrzehnten Altersunterschied abhalten lassen.« Da ist sie wieder, die steinharte Mörderisch, wie sie leibt und lebt. Dem Friedrich wird plötzlich bewusst, dass er das Gefühl hat, er würde sie schon ewig kennen, nicht erst ein paar Tage. Und erneut bemerkt er, dass sie genau die Tochter wäre, die er sich immer gewünscht hätte.

»Ein doppelter Espresso und ein mediterranes Baguette und für den Herrn ein großes Soda Zitron und einen Schinken-Käse-Toast, bitte schön.«

Gekonnt galant stellt der junge Kellner Tasse, Glas und Teller auf den kleinen Edelstahltisch, nicht ohne auch noch ein nasales »Guten Appetit!« nachzuschicken.

»Danke!«, erwidern die Mörderisch und der Fesch gleichzeitig, dann sehen sie einander an, lachen beide und widmen sich ihrem Mahl, ohne auch nur ein weiteres Wort von sich zu geben. Und plötzlich findet der Friedrich die Stadt gar nicht mehr schmutzig und lärmig, sondern einfach nur aufregend und schön, genau wie die Töpfe, aus denen die exotischen Palmen ragen.

*

Der Rest dieses Arbeitstages ist mehr oder weniger für A. und F. … ein Sprichwort, das der Friedrich schon alleine aufgrund seines Vornamens ganz amüsant findet. Aber Amüsement hin oder her, Tatsache ist, dass sie bei ihren Ermittlungen einfach nicht vorankommen.

Eigentlich hat der Polizeibeamte es sich zum Ziel gemacht, noch an diesem Nachmittag oder spätestens, wenn's denn unbedingt sein muss und gar nicht anders geht, am Abend herauszufinden, wo das Handy der Herzigmann Ursula abgeblieben ist. Doch das teure Marken-Smartphone, das der Uschi angeblich so wichtig war, wie jedem anderen jungen Menschen auch, und das sie laut der Aussage ihrer Mutter auch am Dienstagabend bei sich gehabt hat, ist und bleibt wie vom Erdboden verschluckt. Orten können's die Kollegen, die sich damit auskennen, auch nicht, weil es nicht eingeschaltet ist. Es ist zum Verzweifeln. Für den Herrn Fesch ist klar, dass der Mörder oder die Mörderin das Ding entsorgt hat, nachdem er oder sie diese gefälschte SMS an die Herzigmann Sophie geschickt hat. Das ist sogar ziemlich wahrscheinlich, weil die Kollegen, die sich damit auskennen, herausgefunden haben, dass es seit Mittwochmorgen, so gegen 2:30 Uhr, nicht mehr benutzt worden ist. Zuletzt hat man es anscheinend in oder rund um Sankt Lindenbaum im Einsatz gehabt.

Der Friedrich ist frustriert, weil er gehofft hätte, dass sie das Handy finden, es auf Fingerabdrücke untersuchen können, und voilà, der Mörder ist gefasst. Gut, das klingt jetzt vielleicht ein bisserl naiv, einfältig und blauäugig, aber am Ende eines langen Arbeitstages, mitten in einem verzwickten Fall, in dem sich nicht das geringste Licht am Ende des Ermittlungstunnels abzeichnet, da darf man schon mal ein bisserl naive, einfältige und blauäugige Tendenzen zeigen.

»Wissen S', was, Frau Kollegin, wir machen für heute Schluss!«, meint der Herr Fesch, der seine Nickelbrille abgesetzt hat und sich die müden Augen reibt.

Die Mörderisch überlegt, ob sich ein Scherz in Richtung *Schluss machen* auszahlt, beschließt dann aber, dass es besser ist, einen lauwarmen Schmäh um diese Zeit sein zu lassen. Stattdessen erwidert sie: »Das halte ich für eine gute Idee, Herr Kollege. Wir sollten beide ein kräftigendes Abendessen zu uns nehmen und dann mindestens acht Stunden schlafen. Morgen sieht die Welt hoffentlich schon wieder ganz anders aus.«

Der Friedrich überlegt, was er noch im Kühlschrank hat, und streicht das kräftigende Abendessen gedanklich von seiner Liste, aber gegen ein frühes Zubettgehen spricht beim besten Willen nichts.

»Allerdings, das sollten wir. Spätestens morgen Nachmittag sollte sich, wenn mein Bauch recht behält, der Liguster Levin bei uns rühren, um uns mitzuteilen, dass seine posttraumatische Amnesie durch wundersame Spontanheilung der Geschichte angehört.«

Er platziert seine Brille wieder auf seinem eindrucksvollen Zinken. »Und davor nehmen wir uns noch die angeblich so bildhübschen Möchtegern-Schönheitsköniginnen zur Brust und finden hoffentlich heraus, um wen es sich bei dieser Isa handelt. Wenn wir dann immer noch auf der Stelle treten, dann weiß ich's auch nicht.«

Die Michi Mörderisch bemüht sich, das Bild der Möchtegern-Schönheitsköniginnen an Friedrich Feschs Brust aus ihrem Kopf zu bekommen, während sie antwortet: »Ich versuch', heute Abend noch so viel wie möglich über die Herzigmann Ursula zu erfahren. Die Zenzinger-Frauen versorgen mich hoffentlich mit brauchbaren Insider-Informationen, wenn ich's nur geschickt genug angehe. Nachdem die Jessy von sich behauptet, die beste Freundin der Uschi gewesen zu sein, muss es da einfach noch was zu holen geben. Ich kann mir beim besten Willen nicht vorstellen, dass es da nicht noch das eine oder andere Geheimnis gibt, das die Ursula ihr vor ihrem Tod anvertraut hat. Wenn man jemandem seine Geheimnisse anvertraut, dann ja wohl der besten Freundin.«

Der Friedrich, der noch nie verstanden hat, warum Frauen einander so viel Privates teilweise sogar Intimes erzählen schüttelt den Kopf.

»Ist Ihnen noch gar nicht der Gedanke gekommen, dass die Uschi möglicherweise keine Geheimnisse gehabt hat? Zumindest keine, die es wert sind, von uns aufgedeckt zu werden?«

»Jeder Mensch hat Geheimnisse, Herr Fesch, jeder, und viele sogar die eine oder andere Leiche im Keller«, meint die Mörderisch nur trocken.

»Glaub' ich nicht ... Die Uschi war viel zu brav, um irgendwelche schmutzigen oder düsteren oder gar dunklen Geheimnisse zu haben«, schnaubt der Polizeibeamte verächtlich. »Aber Sie haben sie ja nicht persönlich gekannt.«

»Oh, ich vergaß, die unschuldige, wunderschöne, wahrscheinlich auch noch jungfräuliche, unantastbare Sankt Lindenbaumer Schönheitskönigin war ja anscheinend ein Engel auf Erden. Ich sag' Ihnen nur eines, und da vertrauen Sie besser mal auf mein Bauchgefühl, solche Menschen gibt's nicht! Das ist alles nur Show, Maske und Tarnung. Kein Mensch ist nur brav und unschuldig, keiner, auch nicht eine Ursula Herzigmann. Aber Sie glauben das tatsächlich, und genau daran scheitern momentan unsere Ermittlungen. Das dunkle Geheimnis der Ursula Herzigmann, das hinter alldem steckt, dieses Geheimnis, das irgendjemanden so weit gebracht hat, sie brutal zu erschlagen, das müssen wir aufdecken! Nur so finden wir unseren Täter oder die Täterin, ich bin mir nämlich gar nicht so sicher, dass es wirklich ein Mann war. Erst wenn wir wissen, was der Grund dafür gewesen ist, dass jemand furchtbar sauer auf die Uschi geworden ist, so sauer, dass er oder sie kein Problem damit gehabt hat, ihre linke Gesichtshälfte zu Brei zu verarbeiten, erst dann wird es uns gelingen, unseren Mann oder unsere Frau festzunageln!«

Die Mörderisch hat sich in Rage geredet, so hat der Friedrich die ansonsten komplett coole Kriminalbeamtin bis jetzt nur einmal erlebt, damals, als ihnen am ungesicherten Tatort die Fronleichnamsprozession begegnet ist.

»Wie Sie meinen, Frau Kollegin«, entgegnet er in bewusst gelangweiltem Ton, wahrscheinlich, um sie ein bisserl zu ärgern. »Ich geh' jetzt trotzdem nach Hause und schau', ob ich noch irgendetwas im Kühlschrank finde, das dem Begriff Essen gerecht wird. Auf Wiederseh'n und gute Nacht!«

Dann schnappt er sich seine dünne Übergangsjacke, die er heute eigentlich zu Hause lassen hätte können, und lässt die Polizeidienststelle Sankt Lindenbaum zumindest für die kommenden zwölf Stunden hinter sich.

*

Ein Schnitzel mit perfektem gatschigen Erdäpfelsalat im Magen, dem Sankt Lindenbaumer Wirten sei Dank, fühlt der Friedrich sich wenig später um einiges besser. Vor allem auch, weil der Wolfgang und der Joseph sich heute, was ihren Gesang angeht, besonders viel Mühe geben. Der Friedrich findet ja, dass endlich jemand auf die Idee kommen sollte, Wellensittichgesänge auf CD aufzunehmen und diese Stressgeplagten zur Beruhigung zu verkaufen. Allerdings, in der heutigen Zeit, hat wahrscheinlich sogar schon jemand diesen glorreichen Gedanken gehabt. Wie auch immer, ihm ist so ein Live-Konzert ohnehin um einiges lieber.

Als er so gesättigt in der Gegend herumsitzt, den beiden Vögeln beim Zwitschern zuhört und mit sich und der Welt zufrieden ist, muss der Herr Fesch plötzlich an den abendlichen Auftritt der Mörderisch denken. Hat die Kriminalbeamtin vielleicht am Ende sogar recht mit ihrer Annahme, dass sogar die Uschi irgendein dunkles Geheimnis gehabt hat? Eines, das es sich aufzudecken lohnt? Ist eventuell sogar etwas an dem Gerücht dran, an das die Tupfinger Martha über ihren Thorsten gekommen ist? Ist die Herzigmann Ursula in Wirklichkeit gar nicht das anständige Mädel gewesen, als das er sie immer wahrgenommen hat, sondern eine ausgefuchste, schamlose Person, die ganz genau gewusst hat, wie sie ihre absolut nicht zu übersehenden weiblichen Reize am besten einsetzt? Auch wenn ihm dieser Gedanke widerstrebt, muss der Friedrich zugeben, dass er, was Frauen angeht, schon einmal ein äußerst schlechtes Urteilsvermögen bewiesen hat. Bevor er seine Ex nämlich mit dem Toni im gemeinsamen Ehebett erwischt hat, hätte er seine beiden Hände und sämtliche andere Gliedmaßen für sie ins Feuer gelegt, hätte Stein und Bein geschworen, dass sie ihn nie im Leben betrügen würde. So kann man sich täuschen. Was also, wenn er sich auch täuscht, was die Uschi betrifft?

Der Levin hat im Krankenhaus behauptet, eine SMS von der Uschi bekommen zu haben, die ihn an den Tatort gelockt hätte. Aber warum schreibt man jemandem, von dem man sich bedroht fühlt, der einen angeblich stalkt, eine SMS und bittet um ein heimliches Treffen? Hat die Uschi etwa mit dem Levin gespielt? Hat sie es genossen, ihn an der Nase herumzuführen? Oder hat sie möglicherweise diese Stalker-Sache nur erfunden und den Bürgermeister-Spross in Wirklichkeit ganz attraktiv gefunden? Waren die beiden am Ende vielleicht sogar ein Paar? Auszuschließen wäre das nicht. Angenommen, es ist doch nicht so gewesen, was hätte die Uschi dann davon gehabt, den Levin zum Lindenbaum zu locken? Wenn es stimmt, dass sie sich dort tatsächlich mit ihm treffen wollte, warum hat sie das getan, wenn sie nicht ein Auge auf ihn geworfen hatte? Nur, um ihm zu sagen, dass er sie in Ruhe lassen soll? Wäre sie in diesem Fall ein derartiges Risiko eingegangen? Das Risiko, alleine mit ihrem angeblichen Stalker zu sein? Am späten Abend, an einem verlassenen Platz, an dem niemand sie hören und sehen würde, wenn es zu einer Auseinandersetzung kommen sollte?

Wie der Friedrich es dreht und wendet, das Ganze ergibt in seinen Augen keinen Sinn. Wenn das Treffen wirklich von der Uschi ausgegangen ist, dann hat sie keine Angst vor dem Unterlindenbaumer Bürgermeister-Sohn gehabt, so viel ist sicher. Wenn das Treffen wirklich von der Uschi ausgegangen ist, dann hat sie einen guten Grund dafür gehabt, den jungen Mann zum Lindenbaum zu locken. Und mit einem Mal wird es dem Friedrich sonnenklar: Dieser Grund ist dann wahrscheinlich tatsächlich das Geheimnis, von dem die Michi Mörderisch gesprochen hat. Ein Geheimnis, das die Herzigmann Ursula und den Liguster Levin miteinander verbunden hat. Fragt sich nur, welches Geheimnis das wohl gewesen ist.

Kapitel 16

»Und, hat sich der Herr Liguster schon gemeldet? Also, der Junior, nicht der Bürgermeister, mein' ich?« Der Friedrich stürmt mit einem Elan in die Polizeidienststelle Sankt Lindenbaum, wie die Mörderisch es noch nicht erlebt hat. Auch sein junger Kollege, der den Friedrich schon ein wenig länger kennt, ist erstaunt ob dieses außergewöhnlichen Schwungs.

Aber das Verhalten des Herrn Fesch hat einen ganz einfachen Grund: Heute wird er den Fall lösen, das haben die Vogerl ihm schon beim Aufstehen gezwitschert, und zwar nicht nur der Wolfgang und der Joseph, sondern auch die von draußen, die, die der Friedrich im Winter immer brav füttert und die ihn dann vom Frühling weg dankbar an ihrer lebhaften Kommunikation teilhaben lassen.

Gestern Abend und heute Nacht hat der Friedrich sich noch stundenlang darüber den Kopf zerbrochen, welches Geheimnis die Uschi und den Levin wohl miteinander verbunden haben könnte, und, weil sein Gehirn nach dem köstlichen Schnitzel samt unübertrefflichem Erdäpfelsalat auf Hochtouren gelaufen ist, dabei einige interessante Theorien aufgestellt, die er aber vorerst noch für sich behalten möchte. Schließlich will er sich nicht vor der Kriminalbeamtin blamieren. So gerne er diese mittlerweile hat, den Fall als Erster zu lösen beziehungsweise den alles entscheidenden Tipp zu liefern, das würde ihm schon was geben.

Die Mörderisch hebt erstaunt den Kopf und schaut den Friedrich entgeistert an. Sie ist nicht einmal halb so gut gelaunt, wie der Herr Fesch das heute Morgen ist.

»Nein, wieso sollte er? Sie glauben doch nicht wirklich, dass er nur darauf wartet, uns ein Geständnis zu präsentieren. Fein säuberlich geschrieben, soweit das in seinem Zustand möglich ist, inklusive Unterschrift?«

»Oje«, meint der Friedrich, den heute gar nichts unterkriegen kann, das hat er sich zumindest schon beim ersten Vogelgesang so gegen vier Uhr morgens fest vorgenommen. »Ist da jemand mit dem falschen Fuß aufgestanden? Hat die Zenzinger Cecilia Ihnen heute keinen Kaffee serviert, oder warum sind Sie so grantig?«

»Ich bin grantig, weil ich mir die halbe Nacht damit um die Ohren geschlagen habe, etwas Wissenswertes aus der Jessy herauszubekommen und kläglich gescheitert bin. Lauter unnützes Zeug über sie und ihre Beziehung zum großartigen, wenn auch momentan abwesenden Johnny, der ihr ja so viele nicht minder großartige, teure Geschenke macht, ihren Traum von einem eigenen Frisörsalon in Wien, Graz oder einer anderen großen Stadt, aber nichts, was uns in irgendeiner Form weiterbringen könnte. Das einzig Spannende sind wahrscheinlich die Medikamenten- und Magersucht des Fräulein Herzigmann, ganz so perfekt war die Gute anscheinend doch nicht.«

»Medikamentensucht?«, fragt der Friedrich gespannt nach.

»Na ja, die Frau Doktor Weißinnger hat ja bereits erwähnt, dass die Ursula Herzigmann jede Menge chemisches Zeug im Blut hatte. Schmerzmittel, Appetitzügler, laut Jessy auch gerne mal das eine oder andere Abführmittel. Was man halt so braucht, um gegen seine Natur und seinen Körper extrem abzunehmen, soweit es irgendwie möglich ist, um dem fragwürdigen Schönheitsideal unserer Zeit zu entsprechen. Wie's aussieht, war die Ursula schon süchtig nach diesen Medikamenten, ist nicht mehr ohne sie ausgekommen, weil sie sonst sofort die Panik bekommen hat, dass sie zunimmt.«

Der Friedrich zwirbelt seinen Schnauzer, heute nicht, um sich zu beruhigen, sondern aus Konzentrationsgründen. »Warum die Schmerzmittel?«

»Das konnte mir die Jessy auch nicht so genau sagen. Sie weiß nur, dass die Uschi häufig über Kopfschmerzen geklagt hat.«

Unvermittelt sieht der Friedrich die Leiche der Herzigmann Ursula vor sich. Den Kopf, den jemand so übel zugerichtet hat, dass die Uschi zumindest einseitig bis zur Unkenntlichkeit entstellt wurde. Gut, dass sie von diesen Schmerzen nichts mehr gespürt hat.

»Ich könnt' mir vorstellen, dass die vom Essensentzug waren. Wenn ich richtigen Hunger habe, bekomme ich auch häufig Kopfschmerzen. Oder aber Nebenwirkungen der anderen Medikamente? Am Ende eventuell auch eine Nebenwirkung der Schmerzmittel selbst, soweit ich weiß, soll man die ja nicht ständig schlucken, weil man sonst erst recht Kopfschmerzen bekommen kann. Ich glaube, dass nennt sich dann medikamenteninduzierter Kopfschmerz oder so.«

Die Mörderisch schaut jetzt schon ein wenig freundlicher drein, was den Friedrich zuversichtlich stimmt. Den ganzen Tag mit einer übellaunigen Kriminalbeamtin verbringen zu müssen, das gehört nicht gerade zu seinen Idealvorstellungen. Schon gar nicht, nachdem er beschlossen hat, heute selbst nur gut drauf zu sein und äußerst effizient zu ermitteln.

»Wenn die Uschi einen Gehirntumor gehabt hätte, hätten wir das doch mit Sicherheit bereits erfahren, oder nicht?«, wirft er unvermittelt ein.

Die Mörderisch nickt. »Ganz sicher. Ich kann mir nicht vorstellen, dass man den bei der Obduktion übersehen hätte. Die Frau Doktor Weißinnger hätte das auf alle Fälle erwähnt, als sie uns von den Medikamentenspuren erzählt hat.«

»Wissen Sie, was ich mich frage«, nun rückt der Herr Fesch seine Nickelbrille zurecht. »Wer hat die Uschi mit diesen Medikamenten versorgt? Waren das nur rezeptfreie oder auch rezeptpflichtige? Die wirklich starken Schmerzmittel, die bekommt man doch nur auf Rezept, was meinen Sie?«

Ein Mörderisches Schulterzucken ist die Antwort, gefolgt von einem: »Ich kenn' mich da nicht so genau aus, aber ich könnt' mir vorstellen, dass man mittlerweile ziemlich viele Medikamente online bestellen kann. Gibt's in Sankt Lindenbaum überhaupt eine Apotheke?«

Der Friedrich schüttelt den Kopf.

»Nein, in Unterlindenbaum auch nicht, aber wir wissen doch, dass die Uschi einen Manager mit guten Verbindungen zur großen Stadt gehabt hat. Dass sein Schützling an Gewicht verliert, ist ja wahrscheinlich auch in seinem Sinne gewesen. Immerhin scheint das ihre Chancen erhöht zu haben.«

»Sie denken, dass dieser Dave ihr die Medikamente besorgt hat?« Die Mörderisch blickt skeptisch.

Das verleitet den Friedrich dazu, erneut die Spitzen seines Bartes zwischen den Fingern seiner rechten Hand hin- und herzudrehen. »Wäre doch möglich. Wenn's ums Geld geht, werden Moralvorstellungen heutzutage doch ziemlich schnell über Bord geworfen, so kommt es mir zumindest vor. Oder glauben Sie wirklich, dass er Skrupel gehabt hätte, auch auf diesem Weg das vermeintlich Beste aus der Uschi rauszuholen? So ein Manager, kriegt der pro vermitteltem Auftrag einen gewissen Prozentsatz der Gage, oder wie läuft das?«

»Was weiß ich, hab' ich einen Manager?« Der Grant hat wieder von der Kriminalbeamtin Besitz ergriffen.

»Herrschaftszeiten, jetzt lassen S' Ihre schlechte Laune doch nicht an mir aus! Wir machen Folgendes. Nachdem wir die Schönheitsköniginnen-Anwärterinnen befragt haben …«

»Deshalb sind Sie heut' so gut drauf. Sie können es wohl gar nicht mehr erwarten, so viel junge Schönheit auf einem Fleck zu erleben«, unterbricht die Mörderisch den Friedrich zynisch.

Der überlegt, ob genau diese viele junge Schönheit auf einem Fleck der Grund ist, warum seine Kollegin heute den Charme einer verrosteten Drahtbürste versprüht, verwirft diesen Gedanken aber wieder, weil er sie in dieser Hinsicht für viel zu selbstbewusst und absolut nicht oberflächlich genug hält.

Der Herr Fesch übergeht die letzte Bemerkung der Kriminalbeamtin einfach und fährt fort: »… statten wir dem Herrn Pluzer einen Besuch ab. Und jetzt mache ich Ihnen erst mal einen richtig starken schwarzen Kaffee, in Ordnung?«

Ein Lächeln huscht über das Gesicht der Michi Mörderisch, und der Friedrich denkt erneut, dass sie es heute vielleicht wirklich schaffen werden, den Fall zu lösen. Wer auch immer der Uschi das angetan hat, wer auch immer keinerlei Skrupel gehabt hat, ihr bildschönes Gesicht zu Brei zu schlagen, wer auch immer auf diese Art und Weise das Böse nach Sankt Lindenbaum gebracht hat, heute wird er seiner gerechten Strafe ins Auge blicken müssen.

»So wahr ich Friedrich Fesch heiße«, flüstert der Friedrich, bevor er zur Kaffeemaschine trabt.

*

Die Probe findet in einer der wenigen Diskotheken, die es im Umkreis von Sankt Lindenbaum und Unterlindenbaum gibt, statt, eine Kulisse, die am Vormittag nicht annähernd so viel hermacht wie an einem Samstagabend.

Im Inneren der Disko hat jemand einen provisorischen Laufsteg aufgebaut, und gerade stolzieren neun junge Schönheiten über diesen. Alle sind sie groß, schlank – in den Augen des Herrn Fesch fast schon zu dünn – und, bis auf eine Ausnahme, langhaarig. Das größte Unterscheidungsmerkmal sind eigentlich die Haarfarben der potenziellen zukünftigen Schönheitsköniginnen.

»Ist das nicht furchtbar langweilig, wenn die alle fast gleich aussehen, oder spricht da der Neid aus mir?«, raunt die Mörderisch ihrem Kollegen zu.

Der zuckt mit den Schultern und erwidert flüsternd: »Da dürfen S' mich nicht fragen, ich steh' von jeher eher auf den kleinen, kurvigen Typ Frau, aber objektiv gesehen, sind die jungen Damen hier schon sehr attraktiv, nehme ich an. Allerdings ist keine so fesch, wie es die Uschi gewesen ist, das sieht man doch auf den ersten Blick, finden Sie nicht? Wissen Sie, was die Herzigmann Ursula in meinen Augen so schön gemacht hat? Ihre Ausstrahlung, ihr Charisma, ihre Aura, oder wie auch immer man das nennen will. Schönheit lässt sich halt nicht nur äußerlich vermessen und abwiegen, da geht's auch um dieses gewisse Quäntchen besonderes Etwas, das von ganz tief innen kommt. Diese einmalige Präsenz, die man einfach hat oder auch nicht. Die Mädels da oben, die entsprechen sicher alle dem gängigen Schönheitsideal, aber die Uschi, die hatte dieses besondere Etwas, das nur ganz wenige haben.«

»Ist Ihnen eigentlich bewusst, dass Sie eine ungewöhnliche philosophische Ader haben, Herr Fesch? Etwas Tiefgründiges, das ich nur von wenigen Männern kenne.«

Der Friedrich ist sich nicht ganz sicher, ob die Mörderisch ihn papierln will oder ob sie das tatsächlich ernst meint, also nickt er einfach nur stumm.

»Da fehlt eine«, stellt die Kriminalbeamtin fest, »eigentlich sollten doch zehn junge Frauen über diesen Laufsteg flanieren, oder nicht?«

»Also, Frau Kollegin, für Ihre jungen Jahre werden Sie auch schon vergesslich. Die Liguster Isolde weilt doch immer noch in Italien«, entgegnet der Herr Fesch grinsend.

Die Michi Mörderisch schlägt sich mit der flachen Hand gegen die Stirn. »Mein Gott, das hab' ich ja wirklich komplett verdrängt. Schon komisch, dass sie sich diese Probe entgehen lässt, denken Sie nicht auch? Wundert mich, dass sie das überhaupt darf. Ich könnt' mir vorstellen, dass man, wenn man an so einem Wettbewerb teilnimmt, auch dazu verpflichtet ist, alle Termine rund um diese Veranstaltung wahrzunehmen. Aber am besten ist es wohl, wir sprechen die Damen direkt darauf an.«

»Guten Tag, ich nehme an, Sie sind die Herrschaften von der Polizei?«

Ein attraktiver Mann Mitte vierzig eilt auf die beiden Beamten zu, als diese sich dem Laufsteg nähern. Der blonde, nicht mehr ganz taufrische Schönling sieht aus wie aus dem Ei gepellt, in dunklen Jeans und einem Hemd, das mit Sicherheit ein kleines Vermögen gekostet haben muss, genau wie die farblich passende Armbanduhr und die maßgeschneiderten Schuhe, die der Friedrich nicht in hundert Jahren freiwillig angezogen hätte. Sofort muss der Herr Fesch an den Titus David Pluzer denken, der ja ebenfalls ein Adonis ist. Sind tatsächlich alle Menschen, die in diesem Business arbeiten, gut aussehend? Bis jetzt hat er das immer für ein Klischee gehalten.

»Michaela Mörderisch, Kriminalpolizei, das hier ist mein Kollege Friedrich Fesch.« Wie es sich mittlerweile eingespielt hat, übernimmt die Kriminalbeamtin das Vorstellungsritual. Dem Friedrich entgeht natürlich nicht, dass der blonde Feschak schmunzeln muss, als er den Namen des Polizeibeamten hört, aber darüber steht er natürlich. Oder etwa doch nicht?

»Bäringer, Klaus Bäringer, angenehm.«

»Sie sind der Organisator dieses Schönheitswettbewerbes, Herr Bäringer?«, fackelt die Mörderisch nicht lange.

»Allerdings, der bin ich. Was mit der Uschi passiert ist, das macht uns alle ganz fertig. Aber irgendwann müssen die Proben ja weitergehen. Ich bin mir sicher, die Uschi hätte nicht gewollt, dass wir die Show wegen dieser Sache abblasen.«

»Nein, ganz sicher nicht«, presst der Friedrich, einen Würgereiz unterdrückend, hervor.

Auch der Michi Mörderisch ist anzumerken, dass sie sich einen kritischen Kommentar verkneifen muss, stattdessen fragt sie neutral: »Wann findet die Wahl denn statt?«

»Samstag in einer Woche«, kommt es wie aus der Pistole geschossen. »Deshalb haben wir ja auch schon so einen Stress. Die Choreografien sitzen noch nicht, die Beleuchtung macht uns Sorgen und, ganz im Vertrauen, einige der Teilnehmerinnen scheinen nicht zu begreifen, dass es langsam ernst wird.«

»Wie die Liguster Isolde?«, nutzt der Herr Fesch seine Chance.

»Na ja, mein Gott, die Arme kann doch nichts dafür, dass eine Grippe sie ans Bett fesselt. Mit so einer echten Influenza ist halt wirklich nicht zu spaßen. Aber wenn sie sich schont, sollte sie nächstes Wochenende wieder fit sein. Von der Uschi, die meine heimliche Favoritin war, abgesehen, ist die Bella die Einzige, die bereits tipptopp auf die Wahl vorbereitet ist. Ich glaube, sie hat den nötigen Ehrgeiz, um das Ding nach Hause zu holen. Vorausgesetzt natürlich, ihre Gesundheit spielt mit.«

»Natürlich«, flötet die Mörderisch, während der Friedrich versucht, sein überzeugendstes mitleidiges Gesicht zu machen. Wenige Sekunden später nehmen sie sich für einen Moment die Zeit, um einander anzusehen, wobei die Kriminalbeamtin äußert dezent nickt und ihr Kollege seine Brille verschwörerisch zurechtrückt.

Der Friedrich deutet auf den Laufsteg. »Das sind jetzt also, von der Liguster Isolde abgesehen, alle im Wettbewerb verbliebenen Damen, habe ich recht?«

Klaus Bäringer wirft einen kurzen Blick auf den Laufsteg hinter sich und antwortet dann: »Ja genau, diese neun Mädchen sind noch dabei. Ich denke, Sie sehen selbst, dass keines von ihnen der Uschi das Wasser reichen kann, aber für einen Bewerb wie diesen, im kleinen Rahmen also, sind sie alle wirklich ganz ordentlich.«

Die Mörderisch überlegt einen Augenblick, ob sie dem Herrn Bäringer klarmachen soll, dass sie seine Art, über die neun potenziellen Schönheitsköniginnen zu sprechen, absolut widerwärtig findet, beschließt aber dann, aus taktischen Gründen lieber gute Miene zum bösen Spiel zu machen.

»Also, ich finde sie alle ausgesprochen attraktiv. Befindet sich unter diesen jungen Dame eine Isa oder Isabel, Isabella …?«, kommt sie danach gleich wieder zur Sache.

Klaus Bäringer schüttelt den Kopf. »Nein, das hab' ich Ihrem Kollegen doch schon am Telefon gesagt, das einzige Mädchen, dessen Namen mit I beginnt, ist die Isolde, die aber lieber Bella genannt werden will. Das ist anscheinend schon seit Jahren so etwas wie ihr Künstlername. Sie ist, wie bereits erwähnt, sehr professionell und zielstrebig. Ich glaube, sie möchte nicht auf Dauer als Bürokraft bei ihrem Onkel arbeiten. Der hat einen Schlüsseldienst, und nachdem die Bella die HAK gemacht hat und sich mit Buchhaltung und so weiter auskennt, hat er sie nach der Matura fix angestellt. Sie verdient zwar nicht schlecht, träumt aber von einem ganz anderen Leben, einem als Filmstar oder Topmodel. Das hat sie mir bei unserem ersten Casting-Gespräch anvertraut. Deshalb eben der Künstlername Bella – Bella Liguster klingt doch tatsächlich ein wenig nach einem Star, finden Sie nicht auch?«

Der Friedrich, der beim Wort Liguster in erster Linie an die Hecke in seinem Garten denkt, sagt dazu gar nichts.

»Apropos zielstrebig, wird von Ihrer Seite aus Druck auf die Teilnehmerinnen dieser Show ausgeübt? Zwingen Sie sie dazu, besonders auf die schlanke Linie zu achten, eventuell sogar Appetitzügler oder Abführmittel zu schlucken?«, bohrt die Mörderisch weiter.

Echtes Entsetzen macht sich auf dem Gesicht des Angesprochenen breit. »Wo denken Sie hin?! Wir wollen die Mädchen doch nicht fertigmachen oder in irgendeiner Form schädigen!

Schauen Sie, dieser Bewerb dient vor allem dazu, attraktiven jungen Frauen auch abseits irgendeiner Großstadt die Chance zu geben, die Welt auf sich aufmerksam zu machen. Außerdem belebt dieses Event die örtliche Wirtschaft. Bei uns geht es zu hundert Prozent seriös zu.«

»Also kann es auch nicht sein, dass die Herzigmann Ursula sich auf, sagen wir mal, unmoralische Art und Weise Vorteile verschafft hat. Bei Ihnen oder einem der anderen Jury-Mitglieder«, hakt die Mörderisch nach.

»Ich hoffe, Sie meinen das nicht ernst!« Klaus Bäringer ist anzusehen, dass er wütend ist. »Erstens organisiere ich diese Wahl nur, das heißt, ich sitze nicht in dem Gremium, das die Mädchen und deren Auftritte bewertet, und zweitens lege ich meine Hand dafür ins Feuer, dass niemand in diesem Gremium, in welcher Form auch immer, bestechlich ist. So, wie das bei jedem anderen seriösen Schönheitswettbewerb auch der Fall ist, bekommen alle Teilnehmerinnen unter fairen Bedingungen die gleiche Chance, den Bewerb für sich zu entscheiden … Und wenn Sie mir noch eine Bemerkung zur Uschi erlauben wollen. Die Uschi, die hat … Entschuldigung, hatte wirklich Talent. Aus der hätte etwas werden können. Sowohl im Modelbusiness als auch im Schauspielbereich, da bin ich mir ganz sicher. Die einzige Person, die, soweit ich das erlebt habe, ganz und gar nicht an ihrem Wohl interessiert war, ist ihr ominöser Manager. Der ist wirklich ein ganz windiger, unseriöser Typ. Keine Ahnung, wie ein intelligentes junges Mädchen wie die Uschi auf so jemanden reinfallen konnte. Von einem ernst zu nehmenden, seriösen Manager ist dieser Dave meilenweit entfernt, das können Sie mir glauben. Ich hab' nämlich durchaus Einblick in das Business, jahrelange Erfahrung. Wenn also jemand die Uschi unter Druck gesetzt hat, was ihren Körper und eventuell auch andere Dinge angeht, dann war das mit Sicherheit dieser Möchtegern-Manager. Glauben Sie mir, ich hab' wirklich versucht, ihn der Uschi auszureden und sie an eine seriöse Model-Agentur zu vermitteln, aber ich denke, sie war dem Kerl hörig. Der konnte mit ihr machen, was er wollte. Leider hat er diesen Umstand, vermute ich einmal, schamlos ausgenutzt … Wenn Sie mich jetzt bitte entschuldigen würden.«

»Sicher, danke für Ihre Zeit, Herr Bäringer. Wir dürfen noch hierbleiben, um nach der Probe ein bisschen mit den jungen Damen zu plaudern?«, kommt die Mörderisch ihrem Kollegen erneut zuvor.

»Aber selbstverständlich. Seien Sie nur nicht enttäuscht, die allseits beliebte Bikini-Runde lassen wir weg und ersetzen sie durch eine Hotpants-Runde. Das ist den Mädchen lieber, und beim Publikum kommt es auch ganz gut an. Manchmal ist es eben reizvoller, der Fantasie noch ein wenig Platz zu lassen.« Mit beinahe jugendlichem Elan wendet der Organisator des Schönheitswettbewerbes sich nun wieder seinen Schützlingen zu.

»Und, sind Sie jetzt sehr enttäuscht?«, meint die Mörderisch, als Klaus Bäringer außer Hörweite ist.

Friedrich grinst. »Ich glaube, ich werde es verkraften. Was meinen Sie, dieser Herr Bäringer macht eigentlich einen recht seriösen Eindruck.«

»Schon alleine, weil seriös anscheinend sein Lieblingswort ist«, fällt die Kriminalbeamtin ihm ins Wort.

»Das dürfen Sie dem Mann aber nicht übel nehmen. Ich glaube, was Schönheitswettbewerbe angeht, gibt es so viele Klischees, da ist es einem als Veranstalter vor allem eines eher kleineren Events wie diesem wahrscheinlich besonders wichtig, sich nicht in irgendeine Schmuddel-Ecke drängen zu lassen … Dass die Tupfinger Martha wieder einmal das Gras wachsen hört, hab' ich ja fast angenommen. Und schauen Sie sich die anderen Teilnehmerinnen doch an, die sind zwar alle sehr schlank, sehen aber nicht aus, als ob sie zum Hungern gezwungen werden … Nein, ich bin mir ziemlich sicher, dass es hier tatsächlich, um bei Herrn Bäringers Worten zu bleiben, seriös zugeht. Das meint zumindest mein Bauch.«

»Sie und Ihr Bauch«, lacht die Mörderisch auf, »aber Sie haben ja recht, ich seh' das ganz genauso. Mein Gefühl sagt mir auch, dass es nicht dieser Wettbewerb war, der der Uschi in irgendeiner Form geschadet hat. Wobei da schon eine Sache ist, die mich stutzig macht.«

»Die echte Influenza unserer Liguster Isolde alias Bella?«, wirft der Friedrich ein.

»Ganz genau. Diese Grippe kommt mir doch ein wenig spanisch vor«, kann die Michi Mörderisch sich einen gepflegten Wortwitz nicht verkneifen.

»Da fällt mir ein, ich hab' noch etwas ganz Wichtiges vergessen.« Ehe sich's der Friedrich versieht, steht die Kriminalbeamtin neben Klaus Bäringer und tupft diesem von hinten auf die Schulter.

»Entschuldigen Sie, Herr Bäringer, eine Frage hätte ich noch. Woher wissen Sie denn, dass die Isolde Liguster an einer Influenza leidet?«

Der gestresst wirkende Organisator der Wahl zur *Lindenblüte* schaut die Mörderisch erstaunt an. Wahrscheinlich versteht er nicht, warum diese Information in irgendeiner Form wichtig für die Ermittlungen im Fall Herzigmann sein könnte.

Ein wenig genervt antwortet er also: »Von ihrem Vater. Er hat mich heute Morgen kontaktiert, um seine Tochter für diese Probe zu entschuldigen.«

Kapitel 17

»Verraten Sie mir jetzt bitte endlich, warum wir nun doch nicht dem Herrn Pluzer einen Besuch abstatten, sondern zurück nach Sankt Lindenbaum fahren?« Die Mörderisch trommelt nervös mit ihren Daumen auf dem schicken, mit dunklem Leder bezogenen Lenkrad ihres schnellen Wagens herum. Die Gespräche mit den Teilnehmerinnen des Schönheitswettbewerbs haben nichts Neues ergeben. Keine der jungen Damen hat ihnen den Eindruck vermittelt, ein gröberes Problem mit der Uschi gehabt zu haben, von Stutenbissigkeiten nicht die geringste Spur. Trotzdem hat der Herr Fesch anscheinend irgendwie Lunte gerochen, allerdings weiß die Michaela Mörderisch überhaupt nicht, in welche Richtung seine Vermutungen gehen.

»Jetzt vertrauen S' mir halt einfach einmal, ich weiß schon, was ich tu'!«, fährt der Friedrich sie an, der tatsächlich einen Verdacht hat, diesen aber einfach noch nicht äußern will.

Ihm ist etwas eingefallen, diese Sache, die die Sankt Lindenbaumer Polizei seit Wochen und Monaten beschäftigt, aber ob die wirklich etwas mit ihrem Fall zu tun haben könnte? Außerdem muss er unbedingt mit dem Tupfinger Thorsten sprechen. Der muss ihm nämlich einen weiteren Verdacht bestätigen.

Die Kriminalbeamtin trommelt immer noch und meint ein bisserl giftig: »Glauben Sie jetzt plötzlich nicht mehr, dass dieser Manager Dreck am Stecken hat, dass er es war, der die Herzigmann Ursula mit irgendwelchen rezeptpflichtigen Medikamenten versorgt hat? Denken Sie nicht länger, dass auch er es war, der ausgetickt ist und sein bestes Pferd im Stall deshalb ziemlich unsanft ins Jenseits befördert hat?«

Der Friedrich beschließt, dass eine nonverbale Antwort in diesem Fall das Vernünftigste ist. Er zuckt nur merklich mit den Schultern.

»Der Typ hat kein Alibi«, lässt die Mörderisch nicht locker. »Sogar dieser Herr Bäringer hat ihn als skrupellos und unseriös bezeichnet, wieso sollte er also nicht unser Mann sein? Der Einzige, der in meinen Augen momentan eventuell noch verdächtiger ist, ist der Liguster Levin, aber der leidet ja anscheinend immer noch unter seiner posttraumatischen Amnesie.«

»Lassen S' mich bitte einmal mit dem Tupfinger Thorsten reden und auf dem Posten etwas nachschauen, und dann können wir immer noch diesem Manager einen Besuch abstatten, in Ordnung?«, ringt der Friedrich sich jetzt doch zu einer verbalen Antwort durch.

Die Mörderisch stoppt die Trommelei. »Was hat denn jetzt bitte der Tupfinger Thorsten mit der Sache zu tun? Hab' ich da etwas nicht mitbekommen?«

»Ich glaub', Sie brauchen schon wieder einen Kaffee«, ist alles, was Friedrich dazu zu sagen hat. Dann schweigt er, bis sie endlich beim Haus der Tupfingers gelandet sind.

*

»Mei, schau einer an, der Friedl und die Kriminalerin, was verschafft mir die Ehre?«, begrüßt die Martha, eine geblümte Küchenschürze in XXL um die Hüften, die beiden Ermittler süffisant grinsend.

Der Friedrich lässt sich heute aber nicht einmal dadurch seine gute Laune verderben. »Grüß dich, Martha, allerliebst schaust du aus, trotzdem wollen wir heut' nicht zu dir, sondern zum Thorsten. Ist er zu Hause?«

»Aber sicher, zum Mittagessen kommt er immer nach Hause, der Bub. Hat er etwas angestellt, oder geht's um den Mord an der Uschi?« Das Grinsen verschwindet aus dem Gesicht der Tupfinger Martha. »Mein Gott, ihr glaubt's doch nicht etwa, dass mein Bub die Uschi auf dem Gewissen hat?! Zu so was wär' er doch nie fähig, der Thorsten, der bringt's ja nicht einmal übers Herz, eine Spinne zu erschlagen.«

Einen Moment lang überlegt der Herr Fesch, ob er die Martha im Ungewissen lassen soll, einfach nur, um sie ein wenig zu quälen, aber sogar dafür ist er heute viel zu milde gestimmt. Deshalb erwidert er: »Nein, keine Sorge, Martha, wir verdächtigen deinen Sohnemann nicht, aber er kann uns vielleicht in einem wichtigen Punkt weiterhelfen. Als wertvoller Zeuge sozusagen, deshalb müssen wir ihn ganz dringend sprechen. Holst du ihn uns bitte?«

Erleichtert seufzt die Tupfinger Martha auf, dann nickt sie und plärrt, ein Düsenjäger ist dezibelmäßig nichts dagegen: »Thorsten! Runter mit dir!«

Gut, das hätte der Friedrich eigentlich auch selbst machen können. Schlimm, wenn man sich als über Dreißigjähriger immer noch behandeln lassen muss wie ein Teenager. Aber irgendwie ist der Thorsten auch selbst schuld. Hätte er den Absprung rechtzeitig geschafft, würde er jetzt nicht auf Socken aus seinem Kinderzimmer geeilt kommen.

»Ich komm' ja schon, Mama! Ist das Mittagessen leicht schon fe…?«

Als Tupfinger junior die Mörderisch und den Fesch sieht, bleibt er kurz auf einer der Stufen stehen. Die Kriminalbeamtin, die den Thorsten ja zum ersten Mal zu Gesicht bekommt, bemerkt sofort, dass seine Mutter ihn beim besten Willen nicht verleugnen könnte. Optisch ist er ganz die Mama.

»Nanu, was will die Polizei von mir? Hab' ich am Ende irgendwo falsch geparkt?«, meint Thorsten, als er sich wieder gefangen hat, betont lässig. Allerdings hat er nicht mit seiner Mutter gerechnet, die jeglichen Coolness-Eindruck mit der Aussage »Blödsinn, wo dich der Papa doch überall hinführt!« sofort wieder zerstört.

Die Kriminalbeamtin, die erneut größte Mühe hat, sich ein allzu auffälliges zynisches Grinsen zu verkneifen, entgegnet: »Ich kann Sie beruhigen, Herr Tupfinger, weder Sie noch Ihr Vater haben irgendwo falsch geparkt. Wir brauchen Ihre Hilfe im Fall Herzigmann.«

Dafür, dass die Michi Mörderisch keine Ahnung hat, warum genau der Friedrich mit dem Tupfinger-Spross sprechen will, bringt sie das ganz überzeugend rüber.

»Können wir irgendwo ungestört mit dir reden, Thorsten, unter vier oder, besser gesagt, sechs Augen?«, übernimmt der Herr Fesch, einen Seitenblick auf die Martha werfend.

Die pudelt sich auch sofort auf: »Ungestört?! Der Bub hat doch keine Geheimnisse vor mir, gell, Thorstenschatzi?!«

»Natürlich nicht, Mama«, das Thorstenschatzi ist dem jungen Mann offensichtlich mehr als peinlich, »aber wenn der Inspektor Fesch und seine Kollegin allein' mit mir reden wollen, dann ist das halt so.« Dann wendet Tupfinger junior sich an die beiden Ermittler: »Am besten geh'n wir in mein Zimmer rauf.«

Im Gegensatz zum Liguster-Kinderzimmer sieht man dem Raum, in dem der Thorsten lebt, nicht an, dass sein Bewohner meilenweit davon entfernt ist, auf eigenen Beinen zu stehen. Hier hätte sich sogar der Friedrich wohlgefühlt. Ein gemütlich eingerichtetes Gästezimmer, den Eindruck macht es auf ihn.

Thorsten schließt die Tür und deutet auf das große beigebraune Sofa im hinteren Bereich des Raumes. »Bitte, nehmen S' doch Platz! Ich muss mich für meine Mutter entschuldigen, Sie ist manchmal ein wenig anstrengend.«

»Warum wohnen Sie dann noch hier?«, fragt die Mörderisch ohne jeglichen Genierer.

»Keine Ahnung, wahrscheinlich, weil es so am bequemsten für mich ist. Ich zahl' keine Miete, bekomm' mindestens dreimal am Tag was Köstliches zu essen, die Wäsche erledigt auch meine Mutter, und alleine bin ich sowieso nicht gern. Ich wär' doch blöd, wenn ich was an dieser Situation ändern würde. Ich leb' hier wie die Made im Speck, kann mir für später ein beachtliches Vermögen zusammensparen ...«, eine kurze Pause, ein kaum hörbares Seufzen, »... und nachdem die Richtige leider noch nicht in Sicht ist, eilt es in meinen Augen mit dem Auszug ohnehin nicht.«

Der Friedrich denkt sich, dass es mit der Richtigen wahrscheinlich schwierig werden wird, wenn der Thorsten noch lange an Mamas Rockzipfel hängt, aber das tut ja momentan nichts zur Sache.

»Warum wir hier sind, Thorsten, deine Mutter hat uns von diesem Gerücht erzählt, über die Uschi, also, dass sie sich an ein Mitglied dieser Schönheitswettbewerbs-Jury herangemacht hat, um ganz sicher die nächste *Lindenblüte* zu werden. Mich hätt' interessiert, woher du das weißt ... Wer ist dieser prominente Unterlindenbaumer, der angeblich dein Freund ist und dir das gesteckt hat?«, fackelt der Herr Fesch nun nicht lange.

Der Tupfinger Thorsten rennt knallrot an. »Das möcht' ich eigentlich nicht sagen. Er hat's mir im Vertrauen erzählt.«

Und deshalb hast du gleich deiner Mutter davon berichtet, der größten Gatschn von ganz Sankt Lindenbaum, denkt der Friedrich, der sich sicher ist, dass genau das der Plan dieses ominösen prominenten Unterlindenbaumers gewesen ist.

Doch diesen Gedanken behält er für sich, stattdessen meint er gespielt verständnisvoll: »Dass du ein Geheimnis für dich bewahren kannst, ehrt dich natürlich, Thorsten, aber es ist wirklich wichtig. Immerhin ermitteln wir in einem Mordfall, und glaub' mir, du tust dir keinen Gefallen, wenn du uns gegenüber die Aussage verweigerst.«

»Außer natürlich, Sie würden sich mit einer Aussage selbst belasten«, nimmt die Mörderisch den Ball geschickt auf.

Nun weicht die ungesunde Röte so spontan aus dem Gesicht des Tupfinger-Sprösslings, als hätte er sich dieses mit Bleichmittel eingeschmiert.

»Mich selbst belasten?! Sie glauben doch nicht, dass ich etwas mit dem Mord an der Uschi zu tun hab'?!«, brüllt er entsetzt.

Der Friedrich setzt alles daran, den jungen Mann zu beruhigen, bevor dessen Mutter wie eine wilde, kampfbereite Löwin das Zimmer stürmt. »Beruhig' dich, Thorsten! Keiner denkt, dass du die Uschi umgebracht hast, aber es ist für uns einfach wichtig zu wissen, wer dieses Gerücht in die Welt gesetzt hat.«

»Warum Gerücht? Die Uschi war ja wirklich ein Flitscherl! Die hat ihre Finger doch von keinem Mannsbild lassen können. Um nix in der Welt hätt' die sich die Chance entgehen lassen, diesen Schönheitswettbewerb zu gewinnen. Dafür mit der halben Jury ins Bett zu steigen, hätt' ihr sicher nichts ausgemacht.«

Der Herr Tupfinger junior ist anscheinend nicht nur optisch die ganze Mama, schießt es der Mörderisch durch den Kopf, die sein Verhalten auf ein stark verletztes Ego zurückführt. Wahrscheinlich hat die Herzigmann Ursula ihm nicht nur einmal einen Korb gegeben, was man ihr beim besten Willen nicht übel nehmen kann.

»Jetzt reiß' dich zusammen, Thorsten, so machst du dich am Ende doch noch verdächtig!«, herrscht der Herr Fesch Marthas Sohn an.

»Allerdings, das sehe ich ganz genauso«, erhöht die Michi Mörderisch den Druck noch ein bisschen, »ein wenig seltsam ist Ihr Verhalten tatsächlich, Herr Tupfinger.«

Der Friedrich rückt seine Brille zurecht und wirft dem Thorsten einen strengen Blick zu. »Also, geht schon, Thorsten, von wem hast du das mit der Uschi? Wer hat dir gesteckt, dass sie auf unmoralische Art und Weise versucht, den Schönheitswettbewerb für sich zu entscheiden? Welcher prominente Unterlindenbaumer ist dieser Freund, von dem uns deine Mutter berichtet hat?«

»Mein Chef«, presst der Thorsten hervor.

Im Kopf des Herrn Fesch überschlagen sich die Gedanken. Wo arbeitet der Thorsten noch mal schnell? Er glaubt, sich erinnern zu können, dass er ursprünglich eine Schlosser-Lehre gemacht und später noch die Matura nachgeholt hat. Ob er mittlerweile nicht am Computer arbeitet? Der moderne PC mit den zwei riesigen Bildschirmen auf dem Schreibtisch neben der Couch sticht dem Friedrich ins Auge.

»Nachdem ich Ihren Chef nicht kenne, Herr Tupfinger, wäre ich Ihnen sehr verbunden, wenn Sie uns seinen Namen nennen könnten«, meint die Mörderisch scharf.

»Liguster. Ich arbeite für den Liguster Leonhard. In seiner Firma. Alarmanlagen und Sicherheitstechnik, Sie wissen schon.«

Punkt, Satz und Sieg Fesch.

*

»Herr Liguster, wo ist Ihre Tochter?!«, bricht es aus dem Friedrich heraus, noch bevor der Bruder des Unterlindenbaumer Bürgermeisters die Möglichkeit bekommt, ihn und die Mörderisch zu begrüßen.

»Kriminalpolizei, Michaela Mörderisch mein Name, ich nehme an, den Herrn Fesch kennen Sie?«, lässt die Kriminalbeamtin es sich trotzdem nicht nehmen, dem verdatterten Mann ihren Ausweis zu präsentieren.

»Meine Tochter? Die ist oben in ihrem Zimmer. Was woll'n Sie überhaupt von der Evelyn?«, fängt der Herr Liguster sich schnell wieder.

»Jetzt tun Sie nicht so, also wüssten Sie nicht genau, dass wir von der Isolde reden, Herr Liguster!«, verliert der Friedrich zum ersten Mal an diesem Tag nun doch seine gute Laune. Papierln lässt er sich nämlich grundsätzlich nicht gerne.

»Oder soll'n wir lieber Bella sagen?«, zischt die Mörderisch zynisch.

»Die Bella ist in Italien, das hab' ich Ihrem Kollegen doch schon am Telefon gesagt, also stehl'n Sie mir hier bitte nicht unnötig meine Zeit!«, kontert Leonhard Liguster arrogant.

»Keine Sorge, Herr Liguster«, fährt Friedrich fort, »ich bin noch nicht annähernd dement und kann mich ganz gut daran erinnern, was Sie mir am Telefon gesagt haben, blöd ist halt nur, dass wir inzwischen mit dem Herrn Bäringer gesprochen haben und uns jetzt eben ein wenig wundern, warum die Isolde mit einer echten Influenza im Gepäck in den Urlaub aufgebrochen ist. Ist das nicht ein bisserl gefährlich, so eine Reise bei hohem Fieber, Schüttelfrost, Gelenkschmerzen und extremer Schlappheit?«

Das präpotente Grinsen vergeht dem Herrn Liguster ganz schnell wieder. Verzweifelt sucht er nun nach einer Ausrede: »Na ja, i… ich … ich hab' den Herrn Bäringer halt anschwindeln müssen, weil sie die Bella sonst vielleicht aus diesem Schönheitswettbewerb geschmissen hätten. Einfach so eine Probe verpassen, das ist da nämlich sicher nicht drin. Aber für so eine Grippe, für die kann man halt nix. Ich bin froh, dass er keine Arztbestätigung von mir verlangt hat.«

»Sie woll'n uns jetzt aber nicht allen Ernstes weismachen, dass die Isolde, die unbedingt die nächste *Lindenblüte* werden will und mit großem Eifer und Ehrgeiz bei der Sache ist, wie uns der Herr Bäringer berichtet hat, dass die ausgerechnet dann, wenn die letzten Proben für die Show anstehen, mit Freundinnen auf Urlaub fährt?« Die Mörderisch versucht gar nicht, ihren Grant zu kaschieren.

Dem Friedrich geht's da genauso. »Wissen Sie, was ich glaube, Herr Liguster?! Sie haben nicht die geringste Ahnung, wo Ihre Tochter sich aufhält! Mir haben Sie das Märchen von dem Italienurlaub aufgetischt, damit ich erst gar nicht auf die Idee komme, weiter nach ihr zu suchen, und für den Herrn Bäringer haben Sie eben diese Grippe erfunden, um die Chancen Ihrer Tochter, den Schönheitswettbewerb doch noch zu gewinnen, nicht ganz zu verspielen. In Wirklichkeit haben Sie aber, wie gesagt, keinen blassen Schimmer, wo die Isolde abgeblieben ist und warum sie verschwunden ist. Hab' ich recht?«

Man muss keiner dieser ausgebildeten Körpersprachen-Fuzzis sein, um zu erkennen, dass Friedrich Fesch mitten ins Schwarze getroffen hat. Der Herr Liguster ist, was den Verbleib seiner Tochter angeht, tatsächlich völlig ahnungslos.

Die Michi Mörderisch nutzt seinen momentanen Zustand der absoluten Verzweiflung, um weiterzubohren: »Sagen Sie mir eines, Herr Liguster, warum haben Sie dieses Gerücht über die Herzigmann Ursula in die Welt gesetzt? Weshalb wollten Sie, dass ganz Sankt Lindenbaum und Umgebung davon ausgeht, dass die größte Konkurrentin Ihrer Tochter ein Flittchen ist, das alles daran setzt, den Schönheitswettbewerb für sich zu entscheiden, komme, was wolle, und sei es auf noch so unmoralischen Wegen?«

Da ist es wieder, dieses spöttische Lächeln, gepaart mit einem überheblichen Blick.

»Sie haben sich diese Fragen doch gerade selbst beantwortet, Frau Inspektorin. Die Herzigmann Ursula war die einzige ernst zu nehmende Konkurrentin meiner Tochter, nicht nur, was diesen Schönheitswettbewerb angeht, sondern auch in Bezug auf Filmrollen, Modelaufträge. Die beiden haben nonstop in denselben Gewässern gefischt, und bei aller Liebe zu meiner Tochter, machen wir uns nichts vor, die Ursula hatte einfach die hochwertigere Ausrüstung, den besseren Köder. Ich wollte doch nur, dass meine Tochter glücklich wird, dass sie sich ihre Träume und Wünsche erfüllen kann. Eine übermächtige Gegnerin wie die Herzigmann Ursula hätte ihr das auf Dauer unmöglich gemacht. Also, hab' ich mir gedacht, arbeite ich eben daran, den guten Ruf dieser bildschönen Sauberfrau zu zerstören. Das Business ist mit Sicherheit ein Hartes, aber egal, um welchen Geschäftsbereich es geht, kaum jemand arbeitet gerne mit Leuten zusammen, die ihre körperlichen Reize einsetzen, um ans Ziel zu kommen. Diese Erfahrungen hab' ich zumindest gemacht.«

Friedrich fragt sich, ob es etwa auch im Alarmanlagenwesen so etwas wie eine Besetzungscouch gibt, kann sich das aber beim besten Willen nicht vorstellen. In seinen Augen ist der Herr Liguster schlicht und einfach ein ausgemachter Dampfplauderer. Jemand, der sich selbst anscheinend für einen Prominenten hält, das sagt in den Augen des Sankt Lindenbaumer Polizeibeamten ohnehin schon alles.

»Der Tupfinger Thorsten hat mir schon oft von seiner Mutter, dieser Schreckschraube, erzählt. Mir war klar, dass sie die Richtige ist, um meinen Plan in die Tat umzusetzen. Beim Gerüchtestreuen hätte ich es auf Dauer aber natürlich nicht belassen, mir wär' da schon noch einiges anderes eingefallen.«

»Wie zum Beispiel, der Konkurrentin Ihrer Tochter den Kopf einzuschlagen, um ihr so ein tödliches Schädel-Hirn-Trauma zu verpassen?«, meint die Mörderisch giftig.

Erst jetzt wird dem Herrn Liguster bewusst, dass er dabei ist, sich mit seinen Aussagen selbst reinzureiten. Entsetzt schüttelt er den Kopf.

»Wo denken Sie hin?! Ich bin doch kein Mörder! Nein, ich hätt' halt einfach darauf geschaut, dass die Herzigmann Ursula meiner Tochter nicht mehr in die Quere kommt. Mehr nicht.«

»Gut, zurück zu Ihrer Tochter, wo ist sie?«, versucht der Friedrich es erneut.

Ein Schulterzucken, dann fast weinerlich: »Ich weiß es wirklich nicht. Meine Frau macht sich schon Riesensorgen um die Bella, aber wir haben uns nicht getraut, die Polizei zu verständigen. Wir haben beide keine Ahnung, wo die Bella ist, das müssen Sie mir glauben! Bitte, kommen Sie herein und schauen Sie sich um, Sie werden sie nicht finden!«

»Gern!«, erwidern Mörderisch und Fesch gleichzeitig. Den beiden ist zu diesem Zeitpunkt bewusst, dass sie sich die Mühe genauso gut sparen könnten. Isolde Liguster ist mit Sicherheit nicht mehr in Unterlindenbaum. Fragt sich nur, warum sie es so eilig gehabt hat, von hier zu verschwinden.

Kapitel 18

»Kollege, suchen S' mir bitte die Akten von diesen eigenartigen Diebstählen raus, mit denen wir in der letzten Zeit immer wieder zu tun gehabt haben!«

Der Friedrich ist jetzt auf hundertachtzig. So langsam macht das alles einen Sinn. Endlich weiß er, warum die Uschi ihr Leben lassen musste, das glaubt er zumindest. Dass sie im Hause Liguster nicht die geringste Spur von der Isolde entdeckt haben, passt in seinen Augen bestens ins Bild. Es erhärtet den Verdacht, den er still und heimlich hegt.

»Welche Diebstähle, wovon sprechen Sie überhaupt?«, will die Michi Mörderisch wissen. Sie kommt sich zurecht ein bisserl ausgeschlossen vor. Schließlich macht der Herr Fesch immer noch keine Anstalten, sie von seinen wirren Gedanken in Kenntnis zu setzen.

»Ich mach' Ihnen erst einmal einen starken Kaffee, und dann erzähl' ich Ihnen alles, versprochen, Frau Kollegin.«

Während das schwarze Gebräu in die hübscheste Tasse, die er finden konnte, fließt, läuft das Gehirn des Sankt Lindenbaumer Polizisten weiter auf Hochtouren. Es kann eigentlich nur so sein. Es muss so sein. Wenn es wirklich so wäre, dann wäre das grandios. Dann könnte er eine Vielzahl an Fällen auf einmal lösen. Jetzt versteht der Friedrich endlich, warum er schon heute Morgen so euphorisch gewesen ist. Er hat das gespürt. Heute, ja, genau heute ist sein großer Tag!

»Ich leg' Ihnen alles, was ich gefunden habe, auf den Tisch, Chef.«

Wie immer arbeitet sein junger Kollege äußerst zügig, und zum ersten Mal kommt dem Herrn Fesch der Gedanke, dass er ihm vielleicht unrecht tut und ihm in Zukunft eine faire Chance geben sollte.

»Danke, Kollege, mhm, also, ich meine, Thomas«, kostet diese Adelung des jungen Mannes ihn nun doch einige Überwindung. Ein überrascht-freudiges Lächeln huscht über das Gesicht des ehrgeizigen Polizeibeamten. Fast bereut der Friedrich, diesen Schritt getan zu haben.

»Wenn Sie noch etwas brauchen, geben Sie mir einfach Bescheid!«, beweist der Jungspund ihm jedoch, dass er nicht vorhat, diese unerwartete Sympathiebekundung seines Chefs auszunutzen.

»Also, sagen Sie schon, worum geht es hier eigentlich?«, mischt die Mörderisch sich wieder ins Geschehen.

Friedrich reicht ihr die Kaffeetasse, greift dann nach seiner Nickelbrille, um sie ausgiebig zu putzen, seufzt einmal gewaltig und legt schließlich los: »Seit Monaten hält uns, also, den Thomas und mich, eine besonders dubiose Anzeigenwelle auf Trab. Im Abstand von jeweils ein paar Wochen melden sich Leute bei uns, denen Wertgegenstände und Geld gestohlen worden sind, ohne dass man bei ihnen eingebrochen hat.«

»Hä?«, macht die Kriminalbeamtin auf unfeine Art und Weise ihrem Unverständnis Luft. »Ich versteh' nur Bahnhof.«

»Das kann ich mir gut vorstellen. Uns ist es bis jetzt genauso gegangen. Also, die Sache ist so. Die Leute kommen von einem Ausflug, von einer Geschäftsreise oder aus dem Urlaub zurück, und plötzlich fehlt einiges im Haus: Schmuck, Uhren, Bargeld, Münzsammlungen, kleinere elektronische Geräte, alles, was in irgendeiner Form wertvoll, aber nicht allzu schwer zu transportieren ist. Das Seltsame daran ist, dass in keines der betroffenen Häuser eingebrochen worden ist. Das heißt, wir haben keine aufgebrochenen Türen, keine Fenster, an denen sich jemand zu schaffen gemacht hat. Es ist schlicht und einfach nur so, dass Bargeld und Wertgegenstände fehlen. Der Thomas und ich, wir haben an keinem der Tatorte irgendetwas entdeckt, das uns auf ein gewaltsames Eindringen hätte schließen lassen. Wir sind bis heute eigentlich eher davon ausgegangen, dass es sich um versuchte Versicherungsbetrügereien handelt. Wobei uns die Häufung, also die Anzahl dieser Delikte, dann natürlich auch komisch vorgekommen ist. Ich hab' halt vermutet, dass einer aus dem Ort erfolgreich damit angefangen hat und die Sache dann die Runde gemacht hat. So nach dem Motto: Wenn's beim Nachbarn funktioniert, dann können wir's doch auch einmal probieren. Das sind aber, wie gesagt, bis jetzt nur Vermutungen gewesen. Beweise gibt's dafür keine ... Heute, als uns der Herr Bäringer vom Brotberuf der Isolde Liguster erzählt hat, da ist mir plötzlich ein ganz anderer Gedanke gekommen. In diese Häuser ist nicht eingebrochen worden, weil ...«

»... jemand die Schlüssel dazu gehabt hat«, vervollständigt die Mörderisch den letzten Satz des Herrn Fesch.

»Genau«, meint der zufrieden. »Und wo gibt man schon seinen Schlüssel freiwillig aus der Hand?«

»Keine Ahnung ... Ich mach' das eigentlich nur beim Mechaniker«, antwortet die Kriminalbeamtin, ohne lange nachzudenken. »Das ist mir erst letztens passiert. Mein Auto, das mir schon etwas bedeutet ...«

Der Friedrich grinst. »Ehrlich? Wär' mir noch gar nicht aufgefallen.«

»Ich hab' Sie auch gern, Herr Kollege, also, wo war ich? Ja, genau, mein Auto, das hat vor Kurzem einen kleinen Parkschaden abbekommen ... nicht wegen mir natürlich, ich kann einparken, sogar rückwärts und mit verbundenen Augen, aber irgendjemand hat mir halt eine Schramme verpasst. Also bin ich zum Mechaniker meines Vertrauens gefahren, der wollt' den Autoschlüssel von mir haben, und ich hab' ihm bedenkenlos den gesamten Bund gegeben und bin einstweilen auf einen Kaffee gegangen. Erst später ist mir bewusst geworden, dass der Mann jetzt auch den Schlüssel zu meinem Haus und sogar den zu meinem Büro hat. Wenn es also jemand darauf angelegt hätte, damit Schindluder zu treiben, hätte er das ohne gröbere Umstände während dieser paar Stunden machen können. Aber zum Glück ist mein Mechaniker, wie wahrscheinlich der Großteil da draußen, ein äußerst integrer, ehrlicher Mann.«

»Gut, gehen wir also davon aus, dass es in Sankt Lindenbaum einen Mechaniker gibt, der nicht ganz so integer und ehrlich ist und der darüber hinaus gute Kontakte zu jemandem hat, der für einen Schlüsseldienst arbeitet. Dieser jemand hat außerdem auch Zugang zu den sensiblen Kundendaten eines Sicherheitstechnikers. Aber zurück zu unserem Mechaniker, der seiner Freundin teure Geschenke machen kann, und das, obwohl sein Gehalt wahrscheinlich nicht gerade fürstlich ist. Dieser Mechaniker hat eine Schwester, die im Gegensatz zu ihrem Bruder eine durch und durch ehrliche Haut ist. Und die erfährt von einem ihr treu ergebenen Informanten, was ihr Bruder da heimlich so treibt. Was wird diese Schwester nun wohl tun?«

Der Friedrich kommt gar nicht mehr aus dem Schnauzer-Zwirbeln heraus.

»Ich schätze mal, sie wird versuchen, ihn zur Vernunft zu bringen. Ihn dazu zu überreden, es bleiben zu lassen, wieder auf den rechten Weg zurückzukehren … Möglicherweise erpresst sie ihn aber auch. Das passt dann allerdings nicht so gut zur durch und durch ehrlichen Haut«, nimmt die Mörderisch den Ball auf.

»Wie auch immer, ganz egal, ob sie versucht, ihn auf den rechten Weg zurückzuholen, oder ihn erpresst, er wird von beidem nicht begeistert sein«, fährt Friedrich fort. »Es kommt zu einer Auseinandersetzung, die Lage eskaliert, und die Schwester bezahlt das mit ihrem Leben … Dass der gute Kontakt unseres Mechanikers dann zufälligerweise auch noch ganz andere Gründe hat, die Schwester seines Illegale-Geschäfte-Partners loszuwerden, tut sein Übriges zu der Sache.«

Die Mörderisch macht plötzlich ein besorgtes Gesicht. »Wissen Sie, was das bedeutet, Herr Kollege? Der Liguster Levin könnte in ernst zu nehmender Gefahr sein. Ich glaube, wir sollten schauen, dass wir so schnell wie möglich ins Krankenhaus kommen.«

»Ich schlage vor, dass Sie dann fahren«, meint Friedrich, der sich auf einmal auch große Sorgen um den Unterlindenbaumer Bürgermeister-Sprössling macht.

*

Der Weg ins Spital kommt dem Friedrich heute endlos lang vor, und das, obwohl die Mörderisch wirklich nicht dahinschleicht. Nicht einmal die einzigartige Sankt Lindenbaumer Landschaft nimmt der Polizeiinspektor in diesem Moment wahr. Viel zu groß ist die Angst, zu spät zu kommen, etwas übersehen zu haben, komplett falschzuliegen und damit alles in den Sand zu setzen. Sein Bauch, der dem Herrn Fesch ganz eindeutig signalisiert, dass er auf der richtigen Spur ist, vermag es dennoch nicht, ihn zu beruhigen. Auch intensivstes Zwirbeln des Feschen Schnauzers und mehrmaliges Zurechtrücken seiner Nickelbrille zeigen nicht die geringste Wirkung. Der Friedrich gibt w. o., krallt sich im Haltegriff über dem Beifahrersitz fest und zählt die Sekunden, als plötzlich abseits der Straße, im dunkelgrünen Wald irgendwo im Nirgendwo etwas seine Aufmerksamkeit erregt.

»Stopp! Halten S' sofort an, Frau Kollegin!«, plärrt er reflexartig.

Ebenso reflexartig tritt Michi Mörderisch das Bremspedal bis zum Anschlag durch. So fest und abrupt, dass es den Friedrich,

Gurt hin oder her, mit einer unglaublichen Wucht nach vorne schleudert, genau wie die Fahrerin selbst.

»Was ist?! Haben S' ein Gespenst gesehen?!«, fragt sie, als der Wagen zum Stillstand gekommen ist.

»Ein Gespenst nicht, aber ein Motorrad«, meint der Herr Fesch aufgewühlt. »Und wenn mich nicht alles täuscht, ist das die Maschin' vom Herzigmann Johann. Ich hab' den Burschen nicht erst einmal aufhalten müssen, weil er viel zu schnell damit unterwegs gewesen ist. Ein echter Kamikaze-Fahrer ist er, der Johnny.«

Die Mörderisch grinst. »Das kann ich grundsätzlich gut nachvollziehen ... Aber wenn der Johnny nicht bei diesem Biker-Treffen in Deutschland ist, sondern sich hier im Wald versteckt, warum hat er das dann nicht auch mit seinem Motorrad gemacht? Wenn Sie's von der Straße aus bei voller Fahrt bemerkt haben, kann's ja nicht allzu gut verborgen sein.«

Der Friedrich zuckt erneut mit den Schultern. »Keine Ahnung. Vielleicht ist ihm die Maschin' eingegangen? Am besten schau'n wir uns das vor Ort an. Schieben S' ein bisserl zurück, dann sehen S' das Motorrad sicher gleich selbst!«

In einem beeindruckenden Tempo legt die Kriminalbeamtin im Rückwärtsgang einige Hundert Meter zurück. Als der Friedrich laut »Halt!« schreit, bremst sie runter und parkt den Wagen am Waldrand. Leise öffnet sie die Fahrertür und gibt ihrem Kollegen ein Zeichen, ebenfalls auszusteigen.

»Haben Sie Ihre Waffe dabei?«, flüstert die Mörderisch, als der Friedrich die Beifahrertür leise zudrückt, was ihn dazu veranlasst, stumm zu nicken.

Grundsätzlich hat der Friedrich es mit dem Schießen nicht so, was nicht nur daran liegt, dass sein Großvater damals diesen Jagdunfall nicht überlebt hat. Die Wucht einer Handfeuerwaffe, die schreckt ihn einfach ab, da ist ihm seine Angel um Häuser lieber. Zum Glück hat er bis jetzt auch im Dienst nur sehr selten Gebrauch von seiner Waffe machen müssen, einmal, bei einem Überfall auf die Sankt Lindenbaumer Bank, da schon, aber sonst kommt er eigentlich fast immer ohne sie aus. Trotzdem, dem verpflichtenden Waffentraining sei Dank, denkt der Friedrich, dass er den Umgang damit bestens im Griff hat oder, besser gesagt, hofft er das zumindest.

»Ah, jetzt seh' ich die Maschin' auch. Die ist ja ein Prachtstück«, raunt die Mörderisch so leise wie möglich.

Allerdings, das ist sie. Auch wenn der Herr Fesch eher auf Vespa und Co steht, erkennt er ein tolles Motorrad, wenn er eines sieht. Das schwarz-gelb glänzende, an eine Hornisse erinnernde, das mit Sicherheit dem Herzigmann Johnny gehört, ist tatsächlich ein solches. Umso mehr verwundert es den Friedrich, dass der Bruder ihres Mordopfers dieses hier zurückgelassen hat, achtlos am Boden liegend. Nicht einmal die Zeit, den Ständer rauszuklappen, hat er gefunden.

»Zuerst ein einsames sündteures Mountainbike am Sankt Lindenbaumer See, jetzt ein nicht minder teures schickes Motorrad hier im Wald, schon erstaunlich, was man am Land im Grünen alles so findet«, versucht die Mörderisch, die Spannung, die in der Luft liegt, ein wenig abzuschwächen.

Das klappt natürlich nicht. Sowohl sie selbst als auch Friedrich spüren, dass hier etwas ganz und gar nicht stimmt. Hektisch schauen beide sich um, dieses schwer greifbare Gefühl der drohenden Gefahr im Nacken. Wie beinahe überall in Sankt Lindenbaum und Umgebung ist der Wald auch an dieser Stelle dunkel und dicht, nur von einigen wenigen freundlicheren Lichtungen unterbrochen. Die Stimmung hat etwas Düsteres, Gespenstisches, vor allem im Dunkeln oder wenn sich, wie es gerade der Fall ist, mächtige schwarze Gewitterwolken am Himmel türmen.

»Sollen wir Verstärkung rufen? Eine Fahndung nach dem Herzigmann Johnny rausgeben?«, fragt Friedrich flüsternd.

»Dazu haben wir meiner Ansicht nach zu wenig in der Hand«, erwidert die Mörderisch kopfschüttelnd, »aber wir könnten auf alle Fälle ihren jungen Kollegen herzitieren, damit er sich um das Motorrad kümmert, während wir ins Krankenhaus weiterfa…«

Ein kurzer Knall, und die Mörderisch bricht blutend zusammen. Ein weiterer Knall, geistesgegenwärtig geht der Friedrich hinter einem gewaltigen Baumstamm in Deckung, und dann noch einer. Friedrich Fesch versucht, die Quelle der potenziell tödlichen Geräusche auszumachen, als ihm plötzlich ein Hochstand ins Auge sticht. Die Herzigmann-Männer sind alle drei leidenschaftliche Jäger, wird es ihm auf einmal bewusst. Wenn der Johnny sich also wo versteckt, dann wahrscheinlich in dem Hochstand.

»Johnny! Das bringt doch nichts! Stell' die Schießerei ein und komm' mit erhobenen Händen von dem Ding runter! Ich weiß doch, dass du in Wirklichkeit ein netter Kerl bist! Du willst das doch gar nicht!«

Ein weiterer Knall, dann absplitternde Rinde, nur wenige Zentimeter von der Feschen Nasenspitze entfernt.

»Herrschaftszeiten, Johnny! Bist du wahnsinnig geworden?! Was bringt dir denn das, ha?! Komm' halt da runter und ergib dich, oder willst du wegen dreifachem Mord vor Gericht stehen?! Da kommst du dein ganzes Leben nicht mehr aus der Zelle raus!«

Besorgt wirft Friedrich einen Blick zu Michi Mörderisch rüber und hofft, dass sie nicht wirklich tot ist. Auch wenn er das dringende Bedürfnis verspürt, zu ihr hinzulaufen und ihr sein Hemd auf die Wunde zu drücken, bleibt er in Deckung. Er wäre ihr noch weniger Hilfe, wenn er neben ihr tot im Moos liegt. Er muss es irgendwie schaffen, den Johnny dazu zu überreden aufzugeben, erst dann kann er sich um die Kriminalbeamtin kümmern. Wenn er eines mit Sicherheit weiß, dann, dass der

Herzigmann Johann, dreimaliger Schützenkönig in Folge, sein anvisiertes Ziel immer trifft.

»Johnny, denk' wenigstens an deine Eltern und den Norbert! Willst du ihnen das wirklich antun?! Diese Schande, wenn der ganze Ort erfährt, was du getan hast?! Die Sache mit der Uschi, die kann man vielleicht so hinbiegen, dass es wie ein blöder Unfall ausschaut, aber wenn du mich jetzt beinhart abknallst, wird's schwierig mit den Ausreden! Mit einem Wildschwein oder einem Hirschen kann man mich ja beim besten Willen nicht verwechseln!«

Wieder ein Knall, noch mehr zerfetzte Rinde. Friedrich duckt sich und macht sich hinter dem Baumstamm so klein wie nur irgendwie möglich.

»Du stürzt ja nicht nur dich ins Verderben, sondern auch die Isolde! Wenn man die bei dir findet, nachdem du mich und meine Kollegin umgebracht hast, dann macht sie sich doch mitschuldig! Dann wird's beim besten Willen nix mehr mit der Model- und Schauspielkarriere!«, hofft Fesch darauf, dass die Liguster Isolde in ihrem momentanen Zustand nicht in der Lage ist, sein Gerede genauer zu reflektieren.

So sie sich überhaupt den Hochsitz mit Johnny teilt. Die Luft anhaltend, macht der Sankt Lindenbaumer Polizeiinspektor sich auf den nächsten Schuss gefasst, doch der will und will nicht fallen. Stattdessen bildet er sich ein, schwache Stimmen zu hören. Hat er etwa recht gehabt? Ist die Liguster Isolde dort oben beim Herzigmann Johann? Diskutieren sie in dem Hochstand vielleicht gerade, wie sie weiter vorgehen sollen? Friedrich überlegt einen Moment, ob er die plötzliche Stille nutzen kann, um sich der Michi Mörderisch und ihrer Verletzung zu widmen, doch gerade, als er sich aus seinem Versteck schleichen will, durchbricht ein weiterer Schuss die Stille, und Friedrich sieht sich vor seinem inneren Auge schon so enden wie sein Opa damals.

»Jetzt reicht's aber, Johnny! Ich kenn' dich, seit du ein kleiner Bub bist, und ich kann mir einfach nicht vorstellen, dass es das ist, was du willst! Dir dein Leben zerstören, weil du drei Menschen umgebracht hast und das von der Liguster Isolde gleich mit! Kommt runter da, erklärt mir, wie das mit der Uschi am Mittwoch wirklich gewesen ist, und dann ist's gut! Vielleicht war's ja Notwehr?! Möglicherweise könnt' ihr beide gar nichts dafür, dass die Uschi diese Sache nicht überlebt hat?! Eventuell wolltet ihr sie nur vor dem Levin beschützen, und dann ist plötzlich alles irgendwie schiefgelaufen! Ich weiß doch, dass du kein Mörder bist, Johnny! Ich kenn' dich doch, Herrschaftszeiten!«

Wieder Stille, unterbrochen von kaum hörbarem Flüstern. Friedrich spürt, dass es nicht mehr lange dauert. Gleich hat er sie so weit.

»Deine Mutter war bei mir, Johnny! Sie ist mit den Nerven am Ende! Genau wie der Norbert und dein Vater! Die drei brauchen deine Unterstützung, Johnny! Du darfst sie nicht im Stich lassen! Und glaubst du, den Ligusters geht's anders? Die machen sich auch furchtbare Sorgen um ihre Bella! Das bringt doch alles nix! Ihr zwei wollt doch eure Familien nicht endgültig ins Verderben stürzen! Kommt jetzt endlich runter da! Wir klären die Sache, schau'n uns das mit der Notwehr an! Lasst mich meine Kollegin versorgen, dann übersteht sie das hier unbeschadet, und alles wird wieder gut, ihr habt mein Wort!«

Noch ein Knall, noch mehr Rinde, dieses Mal ganz knapp am linken Segelohr vom Fesch vorbei. Friedrich weiß einfach nicht mehr, was er machen soll.

Den Hochstand zu befeuern, kann er vergessen, nie im Leben trifft er so den Johnny oder die Isolde, er ist sich mittlerweile ziemlich sicher, dass die mit dem mittleren Herzigmann-Sprössling dort oben ist. Das ganze Gerede bringt aber anscheinend auch nichts.

Doch da, plötzlich, ein Fescher Geistesblitz. Nervös greift Friedrich nach seinem Handy, tut so, als ob er telefonieren würde. Dann plärrt er: »Das war gerade das Spital. Der Levin hat eine irreparable Amnesie!« Der Friedrich hat keine Ahnung, ob es so etwas überhaupt gibt, aber wenn er's nicht weiß, dann die beiden jungen Leute hoffentlich auch nicht.

»Er hat sein Gedächtnis verloren! Dauerhaft! Er wird sich also nie daran erinnern können, was an diesem Dienstagabend unter der Linde passiert ist! Wisst ihr, was das bedeutet?! Wir können euch nichts nachweisen, Leute! Gar nichts! Auch wenn ich mir ziemlich sicher bin, dass einer von euch beiden die Uschi auf dem Gewissen hat, ob in Notwehr oder wie auch immer, es spielt ohnehin keine Rolle mehr, weil wir nichts in Händen haben! Keine Tatwaffe, keine Fingerabdrücke, keine Fußspuren, keine Zeugen! Du, Johnny, hast zwar gerade meine Kollegin verletzt, aber dir, Bella, können wir überhaupt nichts nachweisen, und denk' daran, nächsten Samstag findet die Wahl zur *Lindenblüte* statt! Wer soll die denn gewinnen, wenn du nicht dabei bist, weil du in U-Haft sitzt, weil du tatenlos dabei zugesehen hast, wie dein Kumpel da oben eine Kriminalbeamtin und einen Polizisten abknallt! Wenn der Johnny in sein Unglück laufen will, dann lass ihn doch, aber schließ' dich ihm nicht widerstandslos an! Wirf deine Zukunft nicht weg, Mädel, nur, weil er nicht kapiert, wann Schluss mit lustig ist! Mach' deine Eltern stolz und gewinn' diesen Schönheitswettbewerb! Du hast es verdient, Bella! Du hast doch nicht so viel Mühe und Schweiß und wahrscheinlich auch Geld in deine Zukunft als Star investiert, nur, um dir das alles jetzt von einem Dickkopf mit einem Gewehr in der Hand kaputt machen zu lassen!«

Der Dickkopf bringt Friedrich einen weiteren Schuss ein, aber damit hat er gerechnet und sich vorsorglich ganz klein gemacht, was bei seinen Körpermaßen, Segelohren inklusive, gar nicht so einfach ist.

Ein weiterer Knall, dann Stille und plötzlich Stimmen, diesmal viel lauter als zuvor. Eine Männer- und eine Frauenstimme, ein Streitgespräch, das dem Friedrich ein kleines bisschen Hoffnung macht. Wortfetzen, die der Polizist zu verstehen glaubt, Wörter wie naiv, blauäugig, Lindenblüte, Zukunft, aufgeben, Schnapsidee. Dann Schreie, ein weiterer Knall und dann absolute Stille.

Dem Friedrich wird eiskalt ums Herz. Hat er jetzt die Liguster Isolde auf dem Gewissen? Ist neben dem schönsten Mädel aus der Gegend jetzt auch das zweitschönste in eine bessere Welt übergegangen? Was hat er nur getan? Er hätte es von Anfang an ganz anders angehen sollen!

Umso erstaunter ist der Sankt Lindenbaumer Polizeiinspektor, als plötzlich ein zierliches Persönchen die Leiter zum Hochstand runterklettert. Nein, der Herzigmann Johann ist das beim besten Willen nicht.

»Ich bin unbewaffnet!«, ruft die junge schwarzgelockte Schönheit, die Hände wie im Film erhoben, als sie festen Boden unter den Füßen hat, unnötigerweise.

Ein bisserl erinnert sie den Friedrich an Schneewittchen. An ein Schneewittchen nach einigen Tagen Schlafentzug oder auf irgendeiner Designerdroge.

»Isolde Liguster, also Bella, mein' ich?«, fragt er vorsichtig nach.

Die zerstört aussehende Schönheit nickt.

»Ist der Johnny oben auf dem Hochstand?«, tastet der Friedrich sich weiter voran.

Ein weiteres Nicken.

»Was, zum Teufel, haben Sie mit ihm angestellt?!«, bricht es aus Fesch, impulsiver als gedacht, heraus.

»Ich hab' ihm seine Zweitwaffe über den Kopf gezogen. Der Typ war so damit beschäftigt, Sie anzuvisieren, dass er das gar nicht mitbekommen hat. Ich hab' doch keine Lust, mir von dem die Zukunft zerstören zu lassen.«

Das hast du wahrscheinlich auch ganz alleine geschafft, denkt der Friedrich, während er der Liguster Isolde Handschellen anlegt, um dann zur Mörderisch zu eilen.

Kapitel 19

Levin Liguster schaut ziemlich blass aus, als Friedrich, sein rotes Notizbuch und, zur Feier des Tages, den teuren Kuli von seiner Schwester in den Händen, an seinem Bett sitzt, um sich alles von dem Jungen erzählen zu lassen.

Nicht viel weniger blass um die Nase ist die Mörderisch in ihrem Rollstuhl neben dem Liguster-Krankenbett, ihre angeschossene linke Schulter dick verbunden. Aber hart im Nehmen, wie sie eben nun einmal ist, will sie sich diesen Moment um nichts in der Welt entgehen lassen.

Der Friedrich ist heilfroh, dass die Kriminalbeamtin mit einem blauen Auge davongekommen ist. Ein paar Zentimeter tiefer, und sie hätte nun nicht die Aussicht, in wenigen Tagen das Spital wieder so gut wie neu verlassen zu können.

»So eine wie mich will nicht einmal der Teufel haben«, hat sie gescherzt, als sie, kurz nachdem die Liguster Isolde kapituliert hat, wieder das Bewusstsein erlangt hat, und damit hat sie zum Glück goldrichtig gelegen.

Der Herzigmann Johnny sitzt mittlerweile, genau wie die Isolde, in U-Haft. Außer einem gewaltigen Brummschädel ist ihm von der unangenehmen Begegnung mit seinem Gewehr nichts geblieben. Weder er noch die Isolde alias Bella haben bis jetzt ein Geständnis abgelegt, aber, was sie beide ja noch nicht wissen, ist, dass es dem Levin, was sein Gedächtnis betrifft, blendend geht und dass er jetzt endlich bereit ist, eine umfangreiche Aussage zu machen. Wie der Friedrich erwartet hat, ist es nämlich keineswegs eine posttraumatische Amnesie gewesen, die daran schuld war, dass der Unterlindenbaumer Bürgermeister-Spross sich an nichts mehr erinnern konnte, sondern die Angst vor dem Johnny und der Isolde. Die haben, das vermutet zumindest der Herr Fesch, nachdem er die Ergebnisse der Blutuntersuchung erfahren hat, den Levin mit K.-o.-Tropfen und einem Schlafmittel vollgepumpt und ihm das Wort *sorry* in den Unterarm geritzt. Um ihn danach, denkt Friedrich, beinahe malerisch auf der Straße Richtung Sankt Lindenbaum zu platzieren, in der Hoffnung, der Mörderisch und ihm damit einen passenden Uschi-Mörder zu präsentieren. Den Turnschuh haben sie schon davor beim Sankt Lindenbaumer See versteckt, um eine Spur in Richtung Levin Liguster zu legen. Es hätte so aussehen sollen, als habe der Levin die Uschi getötet, wäre dann eine Weile verwirrt herumgeirrt und hätte schließlich beschlossen, sich selbst zu richten.

Deshalb haben sie ihm auch das Handy von der Herzigmann Uschi untergejubelt, das die Spurensicherungsleute mittlerweile nahe der Liguster-Fundstelle entdeckt haben. Friedrich geht davon aus, dass der Johnny es benutzt hat, um seiner Mutter in der Nacht von Mittwoch auf Donnerstag, also den Fronleichnamstag, die vermeintliche SMS von der Uschi zu schicken. Als ihr Bruder hat er ganz genau gewusst, wie sie solche Kurznachrichten verfasst hat, was erklären würde, warum die Sophie die Echtheit der SMS nicht einmal ein bisserl infrage gestellt hat.

Das sind aber bis jetzt alles nur Vermutungen, weil auf dem Handy keine Fingerabdrücke gefunden worden sind, nicht einmal die vom Levin, da haben die Isolde und der Johnny anscheinend dann doch geschlampt.

Wie auch immer, jetzt ist Friedrich vor allem daran interessiert, was Levin ihnen zu berichten hat. Ein paar blinde Flecken gibt es da nämlich noch. Vor allem, dass er noch immer keinen blassen Schimmer hat, was die Mordwaffe im Fall Ursula Herzigmann gewesen ist, wurmt ihn gewaltig.

»Gut, Levin, leg' los!«, animiert Friedrich Fesch den jungen Mann mit so viel Einfühlungsvermögen wie nur möglich.

Ein Seufzen, ein Moment der Stille, dann endlich: »Wie Sie wahrscheinlich längst wissen, bin ich schon seit Jahren in die Herzigmann Uschi verliebt. Das ist nicht nur eine Schwärmerei, das ist ... mhm ... war echte Liebe. Wir zwei waren füreinander bestimmt, aber leider hat die Uschi das nicht wahrgenommen. Der Grund dafür war der Johnny, da bin ich mir ganz sicher. Ich kenn' ihn, seit wir gemeinsam in die erste Klasse Volksschule gekommen sind, und wir haben uns nie besonders gut leiden können. Der Johnny hat versucht, der Uschi einzureden, dass ich nichts für sie bin, dass es besser ist, mir aus dem Weg zu gehen. Also hab' ich nach einem Weg gesucht, der Uschi klarzumachen, dass der Johnny kein Guter ist und dass sie aufs falsche Pferd setzt, wenn sie ihm vertraut, mir aber nicht. Als dann diese seltsamen Einbrüche, die eigentlich gar keine gewesen sind, in Unterlindenbaum und Umgebung begonnen haben, da hab' ich mich sofort an etwas erinnert, womit der Johnny schon in der Schule, ich glaub', damals im Poly, geprahlt hat. Er hat immer erzählt, dass er Mechaniker werden will, weil er auf Autos steht und weil er sich gemeinsam mit seinem Cousin, dem Günther, der auch Mechaniker werden wollte, eine voll coole Idee überlegt hat, wie man den Leuten das Geld aus der Tasche ziehen kann, ohne mit den geringsten Konsequenzen rechnen zu müssen. Er hat uns damals alles erzählt, die Sache mit den Hausschlüsseln, die bei uns im Dorf zum Großteil noch nicht zu supermodernen Sicherheitsschlössern gehören, wie man die heimlich nachmachen könnte, um so in Häuser einzusteigen, ohne einbrechen zu müssen. Alles, was er bräuchte, wäre ein Komplize, der sich mit dem Schlüsselnachmachen auskennt.«

Friedrich kritzelt eifrig in sein Notizbuch. Den Namen Günther unterstreicht er doppelt. Dass auch der Herzigmann-Cousin in die ominösen Diebstähle verstrickt sein könnte, hätte er nicht gedacht. Ob er wirklich bei einem Biker-Treffen in Deutschland ist?

»Ich hab' also ein wenig recherchiert und bin relativ rasch auf meine Kusine gestoßen. Die hat, wie sie mir gegenüber einmal angegeben hat, ein Sparkonto von beachtlichem Ausmaß und konnte die Uschi nicht leiden, weil sie viel schöner ist … also war … als sie und kurz davor war, ihr nicht nur den Titel der *Lindenblüte*, sondern auch Modelaufträge und Filmrollen wegzuschnappen. Außerdem kennt sie den Johnny schon länger, und ich weiß, dass sie früher von ihm geschwärmt hat und alles daran setzen wollte, ihn der Zenzinger Jessy auszuspannen. Ich hab' also eins und eins zusammengezählt und mir gedacht, es wäre doch gescheit, wenn ich der Uschi erzähle, was ihr angeblich so toller Bruder alles treibt.«

Levin Liguster schluckt. »Wenn ich gewusst hätte, dass ich damit ihr Todesurteil unterschreibe, hätt' ich es einfach bleiben lassen. Ich hab' die Uschi angerufen und ihr gesagt, dass ich unbedingt mit ihr reden muss, weil ich wichtige Informationen für sie hätte. Sie hat mich um Bedenkzeit gebeten und mir dann am Abend, am Dienstag vor Fronleichnam, eine SMS geschrieben, dass sie mich beim Marterl unter dem großen Lindenbaum treffen will, weil uns dort mit Sicherheit niemand stören würde. Ihren Eltern hat sie erzählt, dass sie mit irgendeiner fiktiven Model-Freundin joggen gehen will, und dann hat sie sich zu unserem Treffen aufgemacht. Wie der Johnny von der Sache Wind bekommen hat, weiß ich nicht. Vielleicht hat er ihr Handy in die Hände gekriegt. Auf alle Fälle ist er plötzlich bei dem Marterl aufgetaucht, die Isolde im Schlepptau, die hab' ich am Anfang aber gar nicht bemerkt, weil sie im Auto sitzen geblieben ist. Die beiden sind gerade aus dem Fitnessstudio gekommen. Meine Kusine, die hat da so einen Tick, die trainiert immer nur mit ihren eigenen pinken Hanteln.«

Eine Hantel! Die Tatwaffe war eine Hantel! Mit allem hat der Friedrich gerechnet, aber damit ganz sicher nicht.

»Der Johnny war von Anfang an auf hundertachtzig, hat die Uschi angepöbelt, sie gefragt, was sie von einem Deppen wie mir will. Statt ihn anzulügen und den Mund zu halten, hat die Uschi ihn sofort mit der Sache konfrontiert. Nie im Leben hätt' sie vor ihrem Bruder den Schwanz eingezogen, dazu war sie viel zu stolz. Der Johnny, der hat erst gar nicht versucht, das mit den Diebstählen zu leugnen. Ganz im Gegenteil, anscheinend hat er sich was drauf eingebildet, ein so erfolgreicher Gauner zu sein. Aber die Uschi, die hat auch nicht klein beigegeben, sondern ihm mit der Polizei gedroht. Sie wollt' zu Ihnen gehen und Ihnen alles erzählen. Ich glaub', Sie haben die Uschi ganz gut gekannt. Sie wissen also sicher, dass sie nie etwas Illegales tun oder decken hätte können. Die Uschi, die war das, was man manchmal, wie ich finde, völlig zu Unrecht abfällig einen Gutmenschen nennt. Die war einfach eine ehrliche Haut, durch und durch.«

Friedrich kann es nicht lassen, der Mörderisch einen triumphalen Blick zuzuwerfen. Hat er's doch gewusst! So schlecht ist seine Menschenkenntnis, was Frauen angeht, anscheinend doch nicht.

»Wie das Ganze dann eskaliert ist, weiß ich auch nicht mehr so genau. Die Uschi hat geschrien, der Johnny hat sich auf mich gestürzt, und dann ist da plötzlich die Isolde gewesen, mit einer ihrer Hanteln in den Händen. Der Johnny hat von mir abgelassen und sich der Isolde zugewandt, ich hab' sie angeplärrt, und wenig später hab' ich dann schon das Blut von der Uschi am ganzen Körper gehabt. Die Isolde hat mit der Hantel auf den Kopf der Uschi eingeschlagen, wieder und wieder. Bis ihr irgendwann bewusst geworden ist, was sie da gerade tut. Ich hab' irgendetwas gesagt, dann hat der Johnny mir die Nase eingeschlagen, ich bin mit dem Hinterkopf auf den Boden geknallt, und von da an weiß ich leider wirklich nichts mehr. Wie mein Mountainbike beim See gelandet ist und warum Sie dort auch einen meiner Turnschuhe gefunden haben, das kann ich Ihnen also leider auch nicht sagen.«

Der Friedrich ist geschockt. Die Liguster Isolde hat der Uschi den Kopf zertrümmert?! Er hätte alles darauf verwettet, dass der Johnny es gewesen ist, der die Kontrolle verloren hat.

»Was sollte die Botschaft auf dem Spiegel in Ihrem Zimmer, Herr Liguster? Wofür wollten Sie sich damit bei Ihren Eltern entschuldigen?«, wirft die Mörderisch ein.

Ein verzweifeltes Lachen entfährt dem jungen Mann. »Mein Vater, der ist, wie Sie vielleicht schon bemerkt haben, einer, dem es ganz wichtig ist, was andere von ihm und seiner Familie denken. Als ich an diesem Abend zum Marterl unter dem Lindenbaum aufgebrochen bin, hatte ich vor, zum Nestbeschmutzer zu werden. Meine Kusine arbeitet beim Bruder ihrer Mutter, inwiefern mein Onkel, er ist in der Sicherheitstechnik tätig, eventuell ebenfalls etwas mit diesen Diebstählen zu tun hat, weiß ich auch nicht. Ich hätte der Uschi zuliebe meine eigene Familie in den Dreck gezogen. Das wird mir mein Vater nie verzeihen, so viel ist sicher. Deshalb musste ich mir das auch antun, um Buße zu tun.« Levin deutet auf die in seinen Arm eingeritzten und mittlerweile etwas verblassten Buchstaben.

»Dann waren das gar nicht der Johnny und die Isolde?«, entfährt es dem Friedrich erstaunt.

Ein Kopfschütteln ist die Antwort.

»Es tut mir alles so leid«, presst der Sohn des Unterlindenbaumer Bürgermeisters hervor, »es tut mir alles so leid. Wenn ich nicht so versessen darauf gewesen wäre, die Uschi für mich zu gewinnen, dann wär' sie jetzt noch am Leben.«

*

Was der Friedrich in den nächsten Tagen alles über den Fall erfährt, ist haarsträubend. Die Isolde gibt zuerst zwar nicht zu, dass sie die Uschi mit einer Hantel in Rosa erschlagen hat, aber der Johnny verpfeift sie wie nix. Schließlich kann die immer noch angeschlagene Mörderisch auch der Schönheit ein Geständnis aus der Stupsnase ziehen.

Es dauert nicht lange, bis die beiden Ermittler alles wissen: Johnny hat die Uschi mit den Lederhandschuhen, die er vom Winter her immer noch im Auto gehabt hat, schön auf dem Bankerl neben dem Marterl platziert. Danach hat er den blutigen Levin in eine Decke eingewickelt und in den Kofferraum seines Autos verfrachtet.

Anschließend ist er mit der Isolde und dem Levin zu einer kleinen Hütte im Wald zwischen Sankt Lindenbaum und Unterlindenbaum gefahren, die den Herzigmanns gehört. Von dort ist er alleine nach Hause gefahren, damit keiner Verdacht schöpft. Zuvor hat er noch die SMS an seine Mama geschrieben, vom Uschi-Handy aus, das er ihr abgeknöpft hat. Das Handy und die pinke Hantel wollte er ursprünglich irgendwo im Wald vergraben.

Doch dann kam ihm eine Idee, und er hat es benutzt, um eine Spur Richtung Levin Liguster zu legen. Das Rad des Bürgermeister-Sprosses hat er am Ufer des Sankt Lindenbaumer Sees abgelegt, um es so aussehen zu lassen, als ob der in den See gegangen wäre, nachdem er die Uschi um die Ecke gebracht hat. Die K.-o.-Tropfen und das Schlafmittel hat er von zu Hause mit zur Hütte genommen, um den Levin ruhigzustellen – warum er in Besitz von K.-o.-Tropfen gewesen ist, das hat er nicht um die Burg verraten wollen. Er und Isolde waren sich sicher, dass sie so dafür gesorgt haben, dass Levin Liguster für den Täter gehalten wird – wegen dem Turnschuh mit dem Uschi-Blut drauf und dem gefährlichen Nickerchen mitten auf der Straße. Sie waren sich sicher, dass das nächste Auto Levin überrollt und er so das Zeitliche gesegnet hätte. Als der Schock dann nachgelassen hat, wollten sie mit der Maschin' vom Johnny ins Ausland abhauen, weil das mit dem Biker-Treffen in Deutschland so gut zusammengepasst hätte.

Dass die Isolde in den Tagen vor dem Mord an der Uschi zu Hause ohnehin angedeutet hat, dass sie irgendwann in die große Stadt abhaut, weil sie es im stickigen, engen, kleinkarierten Unterlindenbaum nicht mehr aushält, hat die Sache noch leichter gemacht. Doch das Motorrad ist plötzlich, nicht weit vom Hochstand entfernt, eingegangen, und deswegen haben sie sich dort oben versteckt, als sie das Kriminalbeamtinnen-Auto bemerkt haben. In dem Hochstand, in dem der Johnny zuvor seine zwei Gewehre verstaut hat, einfach, weil sein Bauch ihm dazu geraten hat.

Den Rest, den haben die Mörderisch und der Fesch ohnehin live miterlebt.

»Die Isolde ist also wirklich die Uschi-Mörderin, und der Johnny, der große Bruder der Toten, hat mit vollen Kräften an dem Mord mitgewirkt«, meint die Mörderisch schließlich, als sie das Geständnis gelesen hat.

»Das zu verdauen – nicht zu vergessen, die Sache mit den Einbrüchen –, wird für Sankt Lindenbaum und Umgebung sicher eine Herausforderung«, erwidert Friedrich Fesch.

Aber dank der Tupfinger Martha ist der Ort ohnehin seit Tagen quasi in Dauer-Gesprächs-Therapie. Vielleicht hilft das ja.

Epilog

»Ich hätt‘ nie geglaubt, dass ich das einmal sage, aber ich werde Sankt Lindenbaum wirklich vermissen.« Die Mörderisch, die mittlerweile wieder eine gesunde Gesichtsfarbe ihr Eigen nennt, sitzt neben dem Friedrich auf genau dem Bankerl, auf dem noch vor gar nicht so langer Zeit die Uschi gelegen hat.

»Wer weiß, vielleicht brauche ich Ihre Unterstützung ja bald wieder? Das Böse schläft bekanntlich nicht, wie's ausschaut, nicht einmal in Sankt Lindenbaum«, versucht der Friedrich, die Kriminalbeamtin, der tatsächlich Tränen in den Augen stehen, aufzuheitern.

»Aber gehen S', das glauben S' doch selbst nicht, Herr Kollege. An einem Ort wie Sankt Lindenbaum passiert so ein Verbrechen nur alle heiligen Zeiten. Gott sei Dank.« Michi Mörderisch wischt sich mit dem unverletzten Arm übers Gesicht und tut so, als hätte sie eine Fliege verscheucht.

Der Herr Fesch rückt seine Brille zurecht und meint: »Wissen S', was, Sie besuchen mich einfach ab und zu am Wochenende. Ich back' Ihnen auch meine himmlische Schwarzwälder Kirschtorte – aber verraten S' mich nicht, ist schlecht fürs knallharte Polizistenimage, wenn man ein guter Bäcker ist.«

Die Kriminalbeamtin lacht laut auf. »In Ordnung. Und nachdem so eine Kirschtorte für zwei Leute ja eigentlich viel zu groß ist, nehm' ich meine Schwester mit. Was halten Sie davon?«

Der Friedrich spürt, dass er ein bisserl rot wird. »Das halte ich für eine ausgezeichnete Idee, Frau Kollegin, eine ganz ausgezeichnete Idee.«

Stumm sitzen die beiden da und genießen den atemberaubenden Blick auf einen traumhaft kitschigen Sonnenuntergang direkt über dem glasklaren Sankt Lindenbaumer See, und der Friedrich denkt wehmütig, dass der der Herzigmann Uschi sicher auch gefallen hätte.